章小舫（简体字版）

MISS ZHANG (A NOVEL WRITTEN IN SIMPLIFIED CHINESE CHARACTERS)

B杜

British Library Cataloguing-in-Publication Data. A CIP catalogue record for this book is available from the British Library.

ISBN 978-1-915884-52-7 (ebook)

ISBN 978-1-915884-51-0 (print)

For my Family

第一章 / 人间富贵花

章小舫大概是长三角地区第一位拥有个人衣帽间的小学生吧？！可是她仍不满意，因为父母有收纳珠宝和手表的展示柜，而她没有。

"囡囡，等妳再大一点儿，我们就移民美国，到时候一定给妳一个带展示柜的衣帽间。"她母亲对她说。

章家不是上海本地人，顶多算是新上海人，但章小舫的母亲还是跟着上海人的唤法，亲昵地喊自己的女儿"囡囡"，也就是"宝贝儿"的意思。

"章太太，您家何时移民美国？"得到第一手消息的美发师立马来了精神，"如果真移民了，又会住在哪个城市？"

"再过两年吧！"章太太答，"我们申请的是投资移民，应该很快会批下来，不过囡囡才小学五年级，怎么也得等她小学毕业吧？！至于城市，我想去纽约，可是我先生想去圣荷西，理由是圣荷西在美国西海岸，天气比纽约好太多。"

美发师听过纽约，但没听过圣荷西，即便如此，她仍频频点头附和，仿佛对这两处地方熟得不得了。

"姆妈，我不想去美国。"章小舫嘟着嘴，"Wendy说美国饭难吃，晚上也没什么好玩的，无聊死了！"

"那是因为Wendy去的是乡下，当然不好玩。"她母亲说，"换成纽约就不一样了，那是一座不夜城，好玩的地方可多了。"

因为这个回答，章小舫立即爱上纽约，心想到时候肯定投母亲一票，孤掌难鸣的父亲也只能点头同意。

"章太太，你们一家都好有福气呦！那么快就要到美国享福了。"美发师边盘发边羡慕，"话说回来，失去您这个大客户，我还真有点儿舍不得。"

"有什么舍不得的？如果妳愿意，可以跟我们一起到美国，就像我家的厨子一样，到时候我让我先生给妳申请个工作签证。"

听到自己也能到美国见世面，美发师的声音立即高八度，嚷着肯定是上辈子烧高香，这辈子才能遇到像章太太这样的贵人……

这可不是过分吹嘘，章太太的确是美发师的贵人，只因一次偶然的相遇，便让对方上门服务，一周总有个三、五次，每次固定给100元小费，对于底薪只有3000元的美发师来说，不啻为一笔不菲的外快。如今章太太又慷慨地给出承诺，几乎等同于天上掉馅饼。

"好了，章太太，您看满不满意？"美发师讨好地问。

为了参加今晚的跨年酒会，章太太特意选了红色礼服，美发师便在盘好的发上插上一支同色发簪，看起来喜气洋洋的。

"还行吧！"章太太对着镜子左看右瞧，"今天的发胶气味不太好闻。"

"对不起，下回我会注意。"美发师诚惶诚恐地答。

待章太太起身去挑配饰，美发师问章小舫想扎什么辫子？

"我不想扎辫子，我想把头发卷成大波浪。"她答。

"妳才多大？大波浪看起来会很老气。"美发师答。

"我不管，我就要大波浪。"

美发师的内心咒骂一句，但脸上还是带着笑，不一会儿便动手为小主人卷发……

当章家一家三口出现在酒会会场时，商会主席陈文夕立即迎了上去。

"怎么现在才来？害我好等。"陈主席说。

"没办法，我家指挥官忽然改主意，为了等她换好旗袍，我抽完一整包的红河道。"章先生答。

"别赖我，"章太太睨了自己的老公一眼，"是谁硬要把车拿去送洗？"

面对老婆不留情面的吐槽，章先生无奈解释平常他开玛莎拉蒂或宾利，今晚是盛会，怎么也得把捷豹老爷车开出来，岂料这时才发现爱车已蒙尘，只能开到洗车店清洗。

"哈哈哈……"陈主席笑不可支，"怎么我就没此等烦恼？看来还是老弟混得好。"

"哪里哪里，不过混口饭吃。"章先生转向自己的女儿，"喊人啊！宝贝儿。"

过去一年，章小舫已见过Uncle陈不下数十次，早已相当熟稔，遂大方地打了声招呼，接着迳直走向Auntie陈。

章小舫口中的Uncle陈和Auntie陈是一对声誉良好的夫妻，唯一的儿子常年在德国打拼，极少回国，夫妻俩自然而然地将情感投放在活泼可爱的章小舫身上，待她就像自己的亲闺女一样（如果老来得女，不也是这个岁数？）。

"原来是小舫啊！"Auntie陈笑眯眯地说，"妳今天的发型不一样，我差点儿没认出来。"

"好看吗？"章小舫摸摸自己的大波浪问。

"当然，妳绑辫子好看，不绑辫子也好看，怎么样都好看。"

章小舫很满意这样的回答，事实上，她也没什么可抱怨，因为围绕在她身边的几乎全是好人，不是赞美她就是随时准备为她提供帮助，所谓的"坏人"只存在电影或电视剧中。

"Auntie，"章小舫接住递过来的橙汁，"听说今晚追风少年会上台表演，表演过后，我能跟他们合影吗？"

"当然可以，我来安排。"

后来，章小舫不仅拿到与偶像的合影照，还加了联系方式，看来她能在朋友圈里好好地炫耀一番。

"小舫，今晚玩得开心吗？"酒会结束后，Auntie陈问。

"开心，不过……"

"不过什么？"

"不过我的作业还没写完，很怕后天上课交不了。"

"如果交不了，老师会骂人吗？"

章小舫答不会骂人，但会找家长谈话。

"那么妳爸或妳妈会给妳苦头吃吗？"Auntie陈又问。

章小舫的父母对她向来溺宠，连话都不敢说得太大声，怎会给她苦头吃？

"不会。"她果断地答。

Auntie陈说既然如此，有什么好担忧的？

章小舫想想也对，遂又笑颜逐开。

"对，就是这样！"Auntie陈拍拍章小舫的小脸，"记住了，不管任何事情发生，都要保持微笑，妳不知道妳笑起来有多好看。"

章小舫当然知道自己好看，笑起来尤甚，所以从不吝惜对周遭报以微笑，而这个世界也没让她失望，不仅要风得风，要雨得雨，还总能大事化小，小事化无（好比这次的作业事件）。

这就是章小舫，一朵总是顺遂无虞的人间富贵花……

第二章/败家女

章太太没有工作，平日最大的爱好便是逛街，她的足迹几乎踏遍全国主要城市的知名商场，逛奢侈品店就像逛超市一样便利与自然。

"章太太，今日新货到，要不要试试？"某柜姐说。

"行吧！"她转向女儿，"囡囡，妳坐这儿，姆妈一会儿就好。"

章小舫知道母亲一试起衣服和鞋包，绝不可能一会儿就好，于是拿出纸笔，画出一件又一件的华服。

"哇！这是妳画的？"一位柜姐嚷着，"真厉害！"

章小舫不予理会，继续涂鸦。

踢到铁板的柜姐仍不死心，喊来一帮柜姐，在众人的甜蜜攻势下，章小舫终于松口，答："我随便画的，比起Karl Lagerfeld、Valentino Garavani和Yohji Yamamoto，我还有很多要学习的。"

章小舫在国际学校就读，一口英语本来就说得字正腔圆，听得柜姐们面面相觑，不过这还不是最令人尴尬的，而是她提到的三个人名，柜姐们一个也不识。

"妳听过草间弥生吗？我们店里就有她的作品。"一位柜姐说，想扳回颜面的意味浓厚。

"妳说的是Kusama Yayoi吧？！我也很喜欢她的作品，但她不是设计师，而是艺术家，顶多只是让商家使用她的绘画元素。"

起初，柜姐们不过是给个高帽戴，没想到连续被这个身高不足一米五的小孩打脸，面子上下不来，但又不能得罪优质客户的女儿，只好一哄而散。

"囡囡，妳看这个包好看吗？"章太太提着一个包问女儿。

章小舫一看，这不是Kusama Yayoi的波点艺术吗？

"好看，妳喜欢就好。"她答。

站在一旁的柜姐此时长舒一口气，她原以为这个小妮子会说出一些"令人不安"的话来，进而让她少赚佣金，还好没有。

离开"成人"的奢侈品店后，母女俩转战高奢少女服饰店，在陆续买下章小舫要的吊带裙、水晶手链和发带后，一大一小这才走进已事先预约好的餐厅吃下午茶。

这么说吧！如果章太太的爱好是逛街，那么她女儿的爱好便是在这个基础上继续发扬光大，还好章先生日进斗金，否则如何养得起两个"败家女"？

"囡囡，吃完下午茶，妳还想去哪儿？"章太太问。

"我想到外文书店买最新的时尚杂志，再到植村秀的柜台买眼影。"

自从知道自己的偶像Karl Lagerfeld使用植村秀的眼影画设计稿后，章小舫便有样学样，家里已经有大大小小的眼影盘，可是她仍持续进货，仿佛不要钱似的，而说起时尚杂志，那又是另一个故事——家里明明已经订阅中文版了，偏偏章小舫要看英文版，以致同一个屋檐下出现两本内容相同但版本不一的杂志。

以上若搁在普通人家，肯定会被批评浪费，然而章家不是普通人家，不出意外的话，这种"肆意妄为"的生活起码还能再过个五十年。

吃完下午茶，这对母女终于决定打道回府，不巧的是外面正下起倾盆大雨，而司机老刘又把车停在马路对面（理由是商场前不让停车）。

"不行，你马上把车开过来，我不想弄脏我的Jimmy Choo。"章太太对着手机说。

任性的结果便是收到一张违规停车的罚单，但相比八万元一双的手工定制鞋，那简直便宜得不要不要的。

可想而知，耳濡目染下的章小舫养成了"买东西从不看价格"和"花钱买便利"的习惯。如果有人告诉她买东西得"货比三家"，她会嗤之以鼻，因为同样的时间可以做更有意义的事，好比看电影、做美甲、游泳、打高尔夫……等，何苦为了"几块钱"伤神？所以当她的母亲不再花钱大手大脚，并且开始"货比三家"时，章小舫感到迷茫。对此，她母亲的解释是——咱家就要移民美国了，把钱省下来到美国花不好吗？再说，现在买的越多，到时候搬的就越辛苦。

"所谓的省钱也包括地下室那十几辆车吗？"章小舫问。

"当然，车子的运费很贵，倒不如卖了，到美国再买新的。"

"那家里的司机、厨子、阿姨和园丁呢？我以为他们会跟我们一起到美国，连同那个已经许久未见的美发师。"

"囡囡，妳不懂，我们是投资移民，得雇美国籍员工才行。"

章小舫的确不懂大人的世界，只知道惯坐的车子一辆接一辆地消失，最后换上不知名的小车，家里也因为少了做事的人，乱了不止一星半点，如果不是一家三口尚住在原来的房子里，上的学校也没变，章小舫恐怕要以为这个家突然变穷了。

事情的转折发生在两周后，当时章父章母关在房间里讲话，客厅茶几上的手机忽然响了一声，章小舫本想通知父亲，但走到房门口又踅回。几经犹豫，她还是没逃过好奇心的驱使，这才发现父亲的秘密——一条催债短信。

"不，不会有人向阿爸催债，这不是真的，一定是恶作剧！"她边安慰自己边上床。

这是章小舫惯用的法子，只要睡上一觉，所有的阴霾都会在醒来后消失殆尽。

隔天，章小舫从Sleepeezee床垫上醒来，阴霾果然烟消云散，因为母亲告诉她——今天放学后，Uncle陈会接她去他家住。

"妳和阿爸呢？"章小舫问。

"我们得忙着移民，一旦在美国安顿下来，就会接妳过去。"

章小舫心想这样最好，她可不愿像只无头苍蝇似地在一个陌生环境中到处乱窜，遂答："行，没问题。"

"那给姆妈香一个。"她母亲说。

章小舫抱住母亲，左右脸颊各亲一个。

"也给阿爸香一个。"她母亲提醒。

于是章小舫跳下床，直奔父亲怀里。

事后回想，这大概是章家家道中落前最温馨的一刻，因为接下来就愁云惨雾了（不过受影响的只有章父章母二人，章小舫这朵人间富贵花依旧开得灿烂）……

第三章/家变

章先生和章太太原本的计划是——等女儿小学一毕业便拿着有效期为两年的"临时绿卡"全家远赴美国。如今"临时绿卡"到手了，可是出行人却只有两人。

"把囡囡单独留下来好吗？"章太太忧心忡忡地说。

"不然呢？妳打算让她陪我们吃苦？"

话说章先生从腰缠万贯到阮囊羞涩只用了短短三天的时间，简直不可思议，连电视剧都不敢这么演。为此，他懊悔不已，怎么就忽然鬼迷心窍了呢？

如果只是章先生一人的一时糊涂，还不致于陷入万劫不复的境地，问题出在随行的章太太身上，她玩起骰宝来，不仅输得连底裤都没了，还倒贴一大笔钱。

对此，章太太也有话要说。

"这事不能全怪我，"她说，"一开始有输有赢，但接下来就不是那么回事了，我押大就出小，我押小就出大，好不容易押大出大、押小出小，偏偏就来个围骰，简直见鬼了！"

（注：如果三个色子点数一样，庄家通吃，也就是所谓的"围骰"，意即无论押大或押小，下注者皆输。）

"我没怪妳玩，可是妳怎么会输光手中的筹码还跟赌场借？借了也就罢了，还不跟我说，直到累积到一个可怕的数字，此时就算天王老子来了，也照样回天乏术。"

"我……我以为家里的存款比那个多得多，还有，我不相信自己的运气会这么背，一心想把输掉的钱给赢回来，加的筹码也就越来越大，以致于到最后一共向赌场借了多少，我完全不清楚。"章太太弱弱地答。

这也是章先生的不明白之处，他玩的百家乐多少靠点儿技巧，不像太太玩的骰宝，基本靠运气。换言之，骰宝的输赢应该接近五五开，怎么就兵败如山倒？

然而他太太借钱一事不假，一次下注曾高达20万美元也是事实（有录像和签名为证），现在说什么都太晚了……

从拉斯维加斯回来后，这对夫妻一直在"暗中"筹钱，但情况很不理想。为了在期限内还上欠款，章先生只好向地下钱庄求助，虽然躲过赌场的围剿，但利滚利的结果，成功让章家一贫如洗，若不是章太太再三请求，章先生恐怕不会花高价又住回已出售的房子内，同时预付一年的国际学校学费，为的就是保住最后的颜面，尤其不能让唯一的宝贝女儿发现这个家已今非昔比……

当一切都出清并且还完所有欠款后，章先生的手里大概还剩三十万元不到。

"就这么点儿钱，我们恐怕很快又要走投无路了。"章太太绝望地说。

"天无绝人之路，总会有办法的。"章先生安慰她。

也许保密工夫做得好，章家的身边人皆以为这一家三口就要飞到美国，继续过上等人的生活，这也包括那对即将被委以重任的陈氏夫妻。

"这样好吗？非亲非故的，他们会愿意吗？"章太太惶惶不安地问。

"把女儿交给老陈夫妇乃无奈之举，"她老公答，"目前也只有他们能让小舫的生活水平不下降。倘若留给亲戚，那差距就大了，我怕小舫会有失落感，这是我们最不愿见到的。"

"可是我们要如何向老陈夫妇解释这件事？"

"就说不愿孩子在学期当中中断学业，他们会理解的。"

虽然老陈夫妇一向善待章小舫，但真要把孩子送过去又是另一回事，章太太很担心对方会拒绝。

"妳说的对，所以我打算给他们一笔钱。"章先生说。

"给钱？"章太太扬起声，"我们哪来的钱？"

"妳不是还有一只爱马仕包？"

此话一出，这位已经心力交瘁的女人瞬间变了脸色。

是这样的，章太太曾有一柜子的名牌包，为了还债，不得不低价出售，只保留一只大象灰的爱马仕铂金包，如今连这一只也难保，怎不令她唏嘘？

"你知道这只包是怎么来的吗？"她神情哀怨地问。

章先生叹了口气，答："我相信这只包对妳的意义重大，但再怎么大也大不过咱们的女儿，妳想要小舫在别人的屋檐下窝窝囊囊地活着吗？"

囡囡是章太太的心头肉，她宁愿苦自己，也不愿女儿受一丁点儿委屈，所以只一会儿的工夫，她便同意售包了。

就在包包售出后的那个周末，章家邀陈家吃私房菜，席间便把女儿托付出去。

"没问题，小舫就像我们的女儿一样，我们一定会尽心尽力照顾好她。"陈太太说。

"既然我太太同意了，我没意见，只是你们何时接她去美国？"陈先生问。

这个问题章先生和章太太已事先讨论过，所以口径完全一致——七年级开始前就会接走女儿。

陈家二老一合计，不过五个月的时间，所以婉拒章家递过来的生活费。

就这样，章小舫住进了陈家，在两老的呵护与疼爱下，又过上锦衣玉食且有求必应的生活……

第四章／屋漏偏逢连夜雨

陈先生挂断手机后，陈太太问他："谁打来的？"

"小舫的父亲打来的，他说他已经替小舫找好学校，可是一问才得知入学必须有小托福、SSAT、ISEE等的考试成绩。这下好了，小舫没学校可念了。"陈先生答。

"怎么会这样？"陈太太忧心忡忡，"留学顾问难道没提醒？"

"妳这不是废话？若提醒了，还会有如今这个局面吗？"

陈太太陷入沉思，此时若断然把小舫送去美国，岂不是落后一年（考这些乱七八糟的试，怎么也得一年半载的工夫吧？！）？这跟降级有什么两样？不行，她绝不能让小舫处于如此不利的境地！

"你是怎么答复老章的？"陈太太又问老公。

"我说我得问过妳和小舫，稍后再打回去。"

由于谈话中提到小舫，两夫妻遂去敲她的房门。门开后，陈先生与陈太太轮番发言，章小舫终于拼凑出一个大概来。

"那简单，我留在国内，把该考的试都考完了再走。"
她答。

若换成别的寄宿家庭，这种"不收钱"的人情恐怕难以为继，但陈氏夫妻不一样，经五个月来的相处，他们真的把章小舫视若己出，很难想象当别离到来时，这对夫妻要如何割舍这浓得化不开的"亲情"？

"小舫，"陈太太爱怜地摸摸她的头，"妳真这么想？"

"是的，这里有我熟悉的环境和朋友，你们又对我这么好，离开我还真舍不得呢！"

陈先生和陈太太快速交换一下眼神，接着松了一口气。

"那好，妳继续写作业，我和妳Uncle不吵妳了。"陈太太说。

两夫妻离开章小舫的房间后，陈先生立即打给远在美国的章先生，后者虽然略显失望，但也同意这是目前最好的办法。

"对了，"章先生继续说，"我家小舫住你家，日常花销肯定不少，我给你打款吧！"

"啧啧啧！这么说就太见外了，咱俩是什么关系？你若再提这个，我可真要生气了。"陈先生答。

"好好好，听你的，但学费无论如何也得给。"

"你这是瞧不起谁？小小的学费还怕我付不起吗？"

事已至此，章先生恭敬不如从命，只能再次欠下"人情债"。

挂断电话后，章太太急忙问老公："老陈是怎么说的？"

"他说就让小舫待在国内，直到把成绩都考出来了再赴美，这也是小舫的想法。"

"那钱的事……"

"老陈打死也不收。"

"真是老天爷帮忙！他若要收，我们还真付不出来，这大概是诸多不顺当中唯一的幸事吧！"

章太太话一答完，接着环顾四周，所谓的"家徒四壁"也不过尔尔，更甚的是这地下室常年潮湿，墙壁已经长出大小不一的灰绿色斑块（霉菌），看起来很吓人。

"我们什么时候能逃离这个鬼地方？"章太太问老公，"隔壁老墨每晚都发酒疯，我已经神经衰弱了。"

"别担心，等我把手里的保险卖出去，一切都会好的。"章先生答。

五个月前，手里揣着6万美元来纽约的章先生和章太太也曾憧憬着新生活，但很快便被现实毒打，在这个一份热狗都要价7美元的大城市里，6万美元并不多，两人不得不从破旧的旅馆搬到连白天也伸手不见五指的地下室，与吸毒者、妓女、酒鬼、非法移民者为伍。为此，一向养尊处优的章太太已经不知哭过多少回，若不是还心系女儿，她早往哈得逊河一跳，来个一死百了。

章先生同样也接受不了从天堂掉入地狱的落差，但他毕竟是家里的顶梁柱，怎么也不能倒下，只能每天替自己和老婆打气，期待有一天还会东山再起，重回社会顶层。

一开始总是比较困难，尤其章先生和老婆是新移民，既没朋友又无亲戚，在此情况下，想把保险卖出去难如登天，章先生不得不厚着脸皮，挨家挨户敲门，甚至"同时"信仰天主教、基督教、道教和佛教，为的就是打入宗教团体，好给自己增加点儿业绩，可惜收效甚微；反观章太太，她也好不到哪里去，由于无一技在身，英语又不好，连服务员的工作都找不到，只能窝在洗衣店里日日烫衣服，她那原本又白又嫩的肌肤，在高温蒸汽的作用下，早已变得暗沉、粗糙、龟裂。

某日夜里，章太太对老公说："我想买Decorte的面霜和Dior的护手霜。"

"妳知道我们负担不起。"

"我不管，我就要！"章太太猛地从床上坐起，"我每天不停地烫衣服，把皮肤都烫坏了，这不是我，我应该在五星级酒店里做Spa，或在高档餐厅里喝下午茶，不是像现在这样，人不人鬼不鬼的。"

章太太话一答完，哭得像个泪人，章先生虽心烦，还是耐着性子安慰她，岂料一向听劝的老婆，今晚硬是一根筋，怎么也哄不住，章先生只好采"床头吵，床尾和"的战术。

事后，躺在床上大喘气的章太太对老公说："你忘了戴套。"

"妳没给我时间戴。"

"可别中奖了。"

"不会的，没那么好运。"

哪知一语成谶，两个月后，章太太气冲冲地把带有两条杠的验孕棒递到老公面前，问他要怎么办？

章先生脑袋一轰，怎么那么小的概率也碰上了？想当初他们怀小舫前还得求助专家，怎么飘洋过海后一发即中？简直太不可思议了！

"我尊重妳的决定，妳想生就生。"章先生无奈地答。

"我们拿什么生？住的是地下室，一天只吃两餐，你想让孩子出生后怨我们？"

"那就不生了。"

"不生？你就那么狠心？好歹是个生命，这跟谋杀有什么两样？"

章先生发现自己那个已步入中年的老婆越来越"不可理喻"，但看在她从天堂掉入地狱的份上，也只能包容，于是试着又哄了老婆几次，可是依旧是"说啥啥不对"。

已经"山穷水尽"的章先生受够了，他破例甩门而出，也正因此次的"使性子"，给这个历经劫难的家庭带来了转机。

第五章/下不为例

起初，章先生也想利用自身的经验与优势，在美国重新做回金融白领，奈何年纪摆在那里，加上亚洲脸孔和带着中式口音的美语，即使有幸得到面试机会，那也不过是走个流程而已，三言两语便被打下来。不得已，章先生只得从事门槛较低的保险业务员工作，可是门槛越低也就意味着越不容易成交。这可不，入职以来他才签了一单，还是个鸡肋小单，章先生的压力不可谓不大。

今夜，章太太告诉章先生有喜了，这若放在"好日子"的从前，两人早开香槟庆祝了，可是眼下捉襟见肘，他连能不能保住工作都不确定（公司给的试用期将至，而他还没开出大单，看来凶多吉少了）。凡此种种，他怎么高兴得起来？也难怪今夜他会失去理智，凶了老婆不说，大半夜还跑到华尔街的酒吧喝18美元一杯的鸡尾酒，平常他可是连1.5美元的啤酒都舍不得买呢！

就在他喝光最后一口，准备离去时，一位穿着讲究的女人紧挨着他坐下，同时点了两杯百利甜。

"一个女人点了两杯酒，待会儿肯定有同伴来。"章先生边起身边想。

"你上哪儿去？"女人对他哂然一笑，"酒还没喝呢！"

章先生定眼一看，这不是住在曼哈顿别墅区的江女士吗？她原本想替房子买火险，谈了几次都没谈下来，后来索性玩失踪，让章先生怎么也联系不上。

"抱歉！我的钱只会花在自己身上，所以别期待我会替妳的酒买单。"章先生硬气地答。

江女士呵呵呵地笑，说章先生吃了熊心豹子胆，竟敢对客户出言不逊。

"客户？妳可是连最便宜的险都没买啊！"他说。

"别那么快下结论，如果今晚哄我开心，不说一个，你整年的额度我都会帮你完成。"

听到有机会完成大单，章先生不敢怠慢，立刻端出保险业务员的架势来。

"不，今晚不谈保险，只需陪我说说话。"她停顿了一下，"告诉我，你今晚为什么上酒吧来？"

章先生也不藏着掖着，直接宣布自己再度喜当爹，可是孩子来得不是时候，很可能会保不住，所以上酒吧舒缓情绪。

"为什么保不住？"江女士问。

"因……因为……因为我年纪大了，没那个精力。"他答。

"呵！你好歹还能当爹，我是当不了妈了，因为男人一见我就跑，好比今晚的 Blind Date，男人跟我说上卫生间，结果一去不复返，哈哈！我长得有这么丑吗？"

其实江女士长得不坏，眼是眼，鼻是鼻，只是脸盘大了点儿，加上身材粗壮，的确让"某些"男士提不起兴致来。

"我认为女人最重要的是内涵，因为再漂亮的女人，有一天也会年华老去、容颜不再。"章先生说。

"那么你认为我有内涵吗？"

"现在还不清楚，也许今晚结束前，我会有一个比较确切的答案。"

那天，他们喝了多少酒就说了多少话，什么时候失去意识的，章先生完全不清楚，只知道当他再次睁眼时，头痛得像被戴上了紧箍圈。

"头很痛吧？宿醉就是这样，总要半天到一天的工夫才会消除。我看你今天就别上班了，回头跟公司说在谈一个超级大单。"江女士说。

本来章先生还浑浑沌沌，当看见眼前站着一位穿着"清凉"的女士后，人立马清醒过来，眼睛睁得比铜铃还大。

"哈哈哈……"江女士笑不可支，"吓坏了吧？！昨晚你可不这样，不仅热情，还一口一个地唤我宝贝。"

章先生对此毫无印象，随之而来的是恐慌——怎么跟客户上床了？这要如何收拾残局？

"对不起，我喝醉了，如果冒犯到妳，请原谅！"他说。

"你是冒犯到我了，所以我打算到法院告你强奸。"

章先生一听，吓得冷汗直流，说话也语无伦次，一会儿要拿钱和解，一会儿又说自己没钱，请江女士高抬贵手……

"放心，我有的是钱，你那三瓜两枣的，我还看不上呢！"

听到即使用钱也解决不了，章先生心如死灰，感觉天都要塌下来了。

"瞧你，就这点儿出息？"江女士睨了他一眼，"我逗你的，你怎么就信了？"

听到江女士是逗他的，章先生的枷锁一下子解开了，整个人轻松不少。

"谢谢！太感激了，下不为例，下不为例。"他叨念着。

"当然下不为例。"江女士的表情忽然转为严肃，"听着，昨晚是个意外，谁都不准再提，等买完保险，我俩再无瓜葛，既不见面也不联系，懂吗？"

这正是章先生想要的，当然点头如捣蒜。

接下来，江女士兑现了她的承诺，一共买了五项险，全是保额大的，足够完成一位业务员一整年的额度。

当章先生走出豪宅时，虽然宿醉引起的头疼还未缓解，但心情无疑是快活的，因为他终于保住工作，并且有了丰厚的佣金，怎么都该庆祝一下。

想至此，他大踏步地往家的方向走去……

第六章/画大饼

看见一夜未归的老公推门进来，章太太的担忧立即化为愤怒，她斥问老公上哪儿去了？她担心了一整晚，连觉都睡不安稳。

"我谈了一笔生意，很大一笔。"他将老婆从床上拉起，"走，我们出去庆祝一下。"

"不行，我还得上班，老板说中午以前若见不到我，我就不用来了。"

"管他的，让他吃屎去！"

章太太老早想辞了工作，今天老公一敲边鼓，她索性就炒老板鱿鱼，转身换衣服去。

在乘坐6站地铁又步行了十多分钟后，这对夫妻终于来到拥有"纽约最好吃的牛排"之美誉的Peter Luger Steak House。

两人坐下后，从餐前酒、前菜、汤，再到主菜、甜点、热饮，全点了个遍。

"我们不应该如此铺张浪费，"章太太拢拢头发，又拉拉裙子，"我不知道要上高档餐厅，头发没做，衣服还是两年前的旧衣。"

"别担心，待会儿咱们上美发沙龙，妳想烫什么发型就烫什么发型，衣服也多买几件，妳老公我今天签了个超级大单，所以千万别替我省钱哈！"

"你怎么忽然就签了大单？"

"因……因为被财神爷眷顾了嘛！"章先生赶紧转话题，"好吃吗？三分熟的牛排会不会太血腥？"

"不会，刚刚好。"

此时的章家两口子吃着美食、喝着美酒，旁边还有服务员服侍着，日子仿佛又回到岁月静好的从前。

"听着，"章先生说，"我已经找到卖保险的窍门，很快我们就能搬离地下室，住进上东区的豪宅，到时候珠宝、华服和名包都会有，妳只要负责开心就好。"

老公的一席话燃起章太太的希望，她原以为自己已经跌入社会底层，再也无翻身机会。

"可是……"她老公忽然欲言又止。

"可是什么？"她问。

"可是妳肚里的孩子来得不是时候，如果晚个三、五年，一切都会不一样，妳也不用如此辛苦了。"

话说得没错，章太太稍微考虑了一下便爽快答应堕胎（不排除是眼前的佳肴美酒和老公的"甜言蜜语"帮了大忙，因为她太想脱离苦海了）。

"谢谢！"章先生握住老婆的手，"我一定不会辜负妳。"

章先生原先的想法是只要勤上高级酒吧就能结识上流社会精英，签单自然是手到擒来的事，殊不知聊天是一回事，做买卖又是另一回事，像江太太那样有"特殊需求"的富婆，十年也难得碰上一回，他那晚是走了狗屎好运，而人不会一直幸运下去……

不过话说回来，章先生也不是完全颗粒无收，毕竟自从"大开张"以来，一个月也有一、两单的成交量，勉强能向上级交差。

这个结果虽"吉格"，但显然与章先生的"梦想"相距甚远，然而他也不是纯粹画大饼，因为他和太太的确搬出地下室，住进曼哈顿下东区，理由有四：

1、意外得了一笔横财，当然得利用起来，首选便是改善住宿环境和条件。

2、曼哈顿下东区虽然治安相对较差，但离中国城不到两公里，至少吃的方面能够得到满足。另外，往西南约三公里处便是章先生工作的华尔街，地理位置相当优越。

3、他们盘下的洗衣店就在中国城靠近下东区的位置，换言之，章太太只需徒步十分钟即可抵达，不用起早贪黑地赶搭公共交通工具，既省下时间，又省下交通费。

4、曼哈顿上东区（**Upper east side**）是纽约富人区，这里居住着全纽约市最富有的一群人，与曼哈顿下东区还是有所区别的，但好歹皆属曼哈顿，章先生和章太太感觉自己离成功又进了一步。

"其实……"章太太犹豫了一下，"下东区也有高级点儿的公寓，我们可以租下更好的。"

"当然可以，但我们才刚盘下洗衣店，我的收入也还不稳定，此时若不节流，很可能月底就会出问题。"

话说章先生与章太太租下的是个老公寓，外表虽破旧，里面却干干净净的（至少没有米老鼠和小强的踪迹），有两扇超大窗户（可以俯瞰巴士特街和喜士打街的街景），屋外还有Z字型的逃生梯，转角处勉强能当个小阳台。

"可是……"章太太又犹豫了一下，"可是囡囡来了怎么办？这里只有一张床，难道让她睡沙发？"

"小舫又不会马上来美国，即使来了，到时候再搬也不迟。"

话都说到这个份上，章太太再不满意也得识大体，因为家里的经济情况她是清楚的——付了洗衣店的转让费及两处租处的房租和押金后，这个家已经炸不出任何油水来。

"你说我们的洗衣店能营利吗？"已经上床的章太太问。

"当然能，不仅能营利，我们还要开分店，不止在美国开，还要开向全世界，让所有地球人都知道Snow White连锁洗衣店的老板娘既聪明能干又美艳动人。"

章太太嘴里啐道"贫嘴"，心里却乐开花，如果真如她老公所说的那样，前程无疑似锦，她等不及要"再度"过上富太太的生活。

"睡了吧！"章先生帮老婆盖好被子，"明天洗衣店新开张，该忙的事多了去。"

"嗯！晚安。"

"晚安。"

熄灯之后，各怀心事的两人各自走进梦乡……

第七章/区别对待

章氏夫妻盘下的洗衣店只有20平米大，还好店内的挑高够高，被前店主隔了个夹层作为储藏室使用，空间总算勉强能应付下来。

就在Snow White洗衣店开始第一天的送往迎来时，寄宿在陈家的章小舫正在讲电话……

"妳到底去不去？"手机那端问。

"我说了，我得问过Uncle和Auntie。"章小舫答。

"妳怎么那么死脑筋？随便找个理由不就出来了？"

与章小舫通话的是她的绘画班同学林碧莲，据林碧莲说，她的堂哥过生日，想找几个女生热闹一下，节目会很好玩，保证所有人都会终身难忘。

"嗯……其实我并不是那么想去。"章小舫说。

此话一出，林碧莲急得跳脚。

"实话告诉妳，"她说，"我堂哥见过妳，他叮嘱我一定要把妳约出来。"

"那我更需要报备了，妳能等就等，不能等就算了，当我不去。"

"好，我等我等，明天妳一定得给我答复喔！"

隔天早餐桌上，章小舫将此事一五一十道出。

"在哪里庆祝？"陈先生问。

章小舫答不知道。

"都有哪些人参加？"陈太太接着问。

章小舫还是不知道。

陈氏夫妻快速交换一下眼神后，陈先生开口了。

"小舫，妳还是未成年人，需要大人保护，但生日派对不参加又说不过去。这样吧！妳让他们通通到我的会所来，又能食饭，又能唱歌，不比在外面有意思？"

于是章小舫把话一五一十地转述了。

"会所？"林碧莲皱了皱眉头，"那多贵啊！"

"我Uncle说不用钱，他全包了。"

"你Uncle叫什么名字？"

"陈文夕，耳东陈，文章的文，夕阳的夕。"

奇怪的是谈话过后，林碧莲便不再提生日派对的事，反而说话和态度明显变得客气起来。

几日过后，陈先生忽然忆起生日派对的事，遂问。

"可能取消了吧？！反正我也不是很想去。"她答。

"小舫，"陈太太开口了，"妳是我们的宝贝，但别人未必都善待妳，所以任何时候都要保护好自己，因为妳是美丽的、善良的、无可取代的。"

"我知道，就像白雪公主一样，她不害人，可是继母却想要杀了她。"

"没错，所以妳只待在我们认为安全的地方，并且只与我们认可的人交往，这样就能最大程度地减少不愉快，甚至保住性命。"

章小舫虽然不是完全理解话里的含义，但鉴于Uncle和Auntie向来待她极好，她没理由怀疑，于是点头答应了。

转眼间，七年级结束了，章小舫的小托福、SSAT、ISEE 等的考试结果也一一出炉，可惜成绩皆不理想。

"我准备了，可是不知怎的，考试时脑袋一片空白，怎么都想不起答案来。"章小舫哭丧着脸，"我是不是太笨了？"

"胡说！我们小舫最聪明了。"陈太太把她搂在怀里，"妳呀！一次考不过就多考几次，总会考过的，人生那么长，何必急于一时？"

由于成绩不佳，赴美之行不得不延迟，殊不知这正中章小舫的下怀，因为她不想到未知的国外（至少目前不想），尤其待在国内还如此舒适。

针对章小舫的失常表现，陈太太的心中是有疑问的，因为这孩子的校内成绩向来平稳，一直保持在中上水平。

"这有什么好怀疑的？"陈先生说，"有些人逢考试就紧张，再说，这个结果不正是我们梦寐以求的？如果她考出好成绩来，那也意味着分别的日子到了，妳希望小舫离开我们吗？"

陈太太想想也对，这个结果的确千金难买，感激都来不及，何苦自寻烦恼？

此后，章小舫年年考试，年年不如意，可是不仅陈氏夫妻不在意，连远在美国的章父章母也没有一句苛责的话，那就有点儿耐人寻味了。

"小舫今年夏天又不能来美了。"章先生挂断电话说。

"她就要上 11 年级了，看来只能待在国内上大学。"章太太答。

"这样也好，她拿的是香港身份，考国内大学有优势，再说……"

章先生话没说完，但章太太是懂的，因为洗衣店经营得很辛苦，而章先生的事业又原地踏步，这个家很难有时间、精力和金钱去接纳向来娇生惯养的女儿，何况美国的大学学费高昂（而且年年飞涨），即使美国本地人也感觉压力山大，那就不用说章氏夫妻了，如果哪个月能不借贷就万分感谢了。

时间辗转来到最紧锣密鼓的高三，已经长得亭亭玉立的章小舫今日一踏进校园，一名年轻保安便用生硬的英语向她打招呼。

"Good morning." 她回复，"怎么以前没见过你？"

"我是新来的，今天第一天上班。"

"噢！那祝你今天过得愉快。"

以后，两个年轻人都会在校门口寒暄几句，直到某日下午，情况才有了变化。

"Hello." 保安喊住因参加课外活动而晚离校的章小舫，"明天有空吗？我想请妳看电影。"

"明天是周六，上午我有马术课，下午有家教上门，晚上我得练琴。"

"那后天呢？后天是周日。"

"后天……我得问过Uncle和Auntie。"

"那算了，妳别问，他们肯定不会同意。"

回到家的章小舫仍觉得怪怪的，踌躇了一会儿后，她还是将此事道出。

"我很高兴妳告诉我们这件事。"陈先生说，"放心，我很开明，年轻人看场电影没什么，只不过这周日我已经替妳安排活动了，怎么也得等到下周。"

"对，"陈太太紧接着做补充，"后天的活动排得满满当当的，完全抽不出时间来。"

两天过后的周一早上，章小舫告诉保安这个星期日可以与他看电影。

"真的？"保安欣喜若狂，"我太高兴了！妳喜欢什么类型的电影？我提前买票。"

"只要不是打打杀杀就行。"她看了一眼时间，"我进教室了，下午见。"

到了下午放学时间，原来的保安亭却换上一位不苟言笑的中年大叔。

"你好，原来的保安呢？"章小舫问。

"不知道。"他停顿了一下，"妳有什么事？"

"没事，只是问一下。"

一连数天，章小舫皆没见到原来的保安，心中不免有些困惑，但到了第二个礼拜，她便彻底忘了这个人，因为她与他认识不久，充其量不过是点头之交。

章小舫可以忘了这个年轻保安，但对方却忘不了她，因为正是这个女孩让他吃足了苦头。

时间回到那个周一的正午时分，校长对他说："你已触犯我校规定，现在就办理离校手续。"

走出校园的保安很郁闷，他不明白为什么请一个女学生看电影会触犯校规？而让他更意外的事还在后头……

"你是郑万州？"一名壮汉拦下他问。

"我就是，你是谁？"

"我是被人请来教你如何做人的，你可以喊我老师。"

还没等郑万州反应过来，拳头便如雨点般落下，痛得他连连求饶。

"啧啧啧！你怎么这么不经打？还保安呢！"壮汉轻蔑地说。

此时的郑万州身着便服，可是对方却知道他曾是保安，加上今日被学校开除，郑万州心中了然了。

"大哥，你饶了我吧！我跟那个女学生连朋友都算不上。"

"既然算不上，干嘛请人看电影？呵呵！你动机不纯喔！"

"不，不是这样的，我……我保证不会再纠缠她，真的，我拿我父母的性命发誓。"

"你最好说话算话，否则下回就没那么客气了。"

针对该不该动粗这件事，陈先生其实也有过挣扎，如果对方是上层社会人士，他很乐于文斗，但面对保安这个阶级，他没把握文斗能奏效。思考良久后，陈先生还是决定用武斗一劳永逸，可喜的是结果很令人满意。

这段插曲发生后没多久，某日，章小舫忽然告诉Uncle——Sean想请她看大年初一的贺岁片。

"哪个Sean?"陈先生问。

"Sean Bai，与我同级，B班的。"

原来是白律师的公子，陈先生心想这孩子知根知底，当然没问题。

"可以，"他爽快地答，"记得晚上十点前到家。"

"好。"

章小舫答完，立即回房，因为期末考试将至，她得好好准备一下。

第八章 / 船到桥头自然直

为了让女儿就读国际学校，章氏夫妻在她很小的时候就使用"钞能力"换来香港身份，没想到歪打正着，当章家陷入困境，而女儿必须留在国内时，这个身份无疑带来了优势（譬如很轻易就能考取名牌大学）。

然而章小舫最终并没有利用这个优势，反而选择设计学院，主修服装与服饰设计专业。

"小舫，妳确定不考虑北京大学、清华大学，甚至家门口的复旦大学？"陈太太问。

"不了，我从小就梦想当一名设计师。"

"那好，"陈先生接棒，"就按妳的想法去做。"

万幸的是章小舫选择了位于上海的设计学院，也就是说她依然可以住家里，免去两老的相思之苦。

与此同时，身在纽约的章父章母一听说女儿考上国内大学，并且准备就读时，心中大石应声落地，他们原本已做好"接纳女儿来美读书"的二手准备，看来这个结果又给了两口子4年的准备时间（好给女儿一个更好，甚至谈得上骄傲的生活条件）。然而人算不如天算，就在离学院开学还有两个月的时间，章小舫竟萌生到美国探亲的念头，同时还拉上陈先生和陈太太。

"太……太好了！"章先生吓得打哆嗦，"我和妳妈也很想见到妳……你们。"

"那好，我们马上着手准备。对了，Uncle和Auntie想知道家里住不住得下？如果住不下，他们可以住酒店。"

"住什么酒店？放心，家里大得很，请他们放心前来。"

挂断电话后，章先生如丧考妣。

"怎么了？"章太太问。

"小舫想利用暑假来美探望我们，连同老陈夫妇，我让他们全住家里。"他答。

"你疯了不成？"章太太睁大眼睛，"我们那个家连转身都困难，这要如何住下五口人？何况老陈夫妇还身份尊贵，你是丢脸不嫌事大吗？"

章先生长叹一口气，接着表示船到桥头自然直，没办法也会想出办法来。

"你还能想出什么好办法？"章太太露出生无可恋的表情，"无非打肿脸充胖子，你可别忘了我们已经负债累累了。"

不用老婆提醒，章先生也知道自己已经被架在火上烤，只是早死或晚死的差别而已。

就在两人无计可施之际，章先生的顶头上司解了燃眉之急（上司全家要到欧洲度假24天，上东区的别墅想找人看管，主要工作是防宵小闯入及照顾家里的爱犬）。

章先生当然毛遂自荐。

" Thank you for your help. I will pay you \$3,000 and I hope you won't disappoint me." 上司说。

就这样，拿上3000美元的章氏夫妻搬进了上司的家（算是应验了"船到桥头自然直"那句话），并且花了好一番工夫熟悉屋内一切，包括后院那只见人就龇牙咧嘴的土佐犬。

"这里什么都好，就是狗太恐怖了，我很怕它咬人。"章太太说。

"别担心，狗我来照顾，妳就待在屋内。"章先生答。

然而章先生还是过度乐观，若不是他逃得快，早已被咬得皮开肉绽。

"这下怎么办？"章太太忧心忡忡地问。

章先生思考了一下，眼下也只能拿钱消灾了。

果然在3000美元的诱惑下，某家宠物店接下了烫手山芋，再次化解危机。

"现在只要等囡囡和陈家二老到来，你说他们会不会看出破绽来？"章太太问老公。

"我已经把上司全家住过的痕迹全收进储藏室里，连同看起来值钱的玩意儿，所以应该万无一失。"

"你忘了车库里的库里南，许久没开车了，你得找时间熟悉一下，免得到时候穿帮。"

"好，待会儿我们就开车兜风去，妳不是一直想看薰衣草吗？我们今天就上长岛去。"

当车子开上495号州际公路，放眼望去大多是平价车，只有他们坐的是要价50多万美元的豪车时，章太太的内心五味杂陈。

章先生察觉到不对劲，提醒老婆得调整好心态，把自己当成真正的富家太太，否则别人很容易识破。

"知道了。"章太太忽然悲从中来，"我们是不是回不去从前了？"

章太太口中的从前当然指的是"好日子"的从前。

"胡说！几天前妳何曾想过会坐在这辆车里？所以别太快下结论。"

"嗯！你是对的，我要快快打起精神来，好迎接许久未见的女儿和帮了我们许多年的贵人。"

听完，章先生释然了，他边减速边下高速公路，一转弯，长岛已遥遥在望……

第九章/久别重逢

上司的家是一栋两层楼的白色意式建筑，共4房5卫，屋内以白、黑、褐、灰为主色。二楼有一个大平台，可以远眺伊斯特河，景色相当迷人……

"你看这衣服会不会大了点儿？"章太太对镜左看右瞧，"如果再长胖10斤，估计这衣服就撑起来了。"

章太太不说则已，一说，章先生内疚不已，因为来美后，他太太瘦了不止20斤，估计是被生活所累。

"亲爱的，妳看起来好极了，就像贵妇一样。"章先生说。

"还贵妇呢！"章太太睨了老公一眼，"跪着的妇人倒是真的，我现在已经被现实磨得没脾气了。"

章先生答那样最好，他可不想小舫远道而来，看到的却是一只母老虎。

"你说谁母老虎？"章太太抓起梳妆台上的香水作势要扔，但还是理智放下，"不，不能扔这个，扔了就难办了，到时候还得赔钱。"

其实不止香水，连同章太太身上的华服和首饰也是上司太太的。

（注：真正昂贵的首饰已被屋主上锁或者放进保险箱内，但还是有几件放在衣帽间的展示柜里。饶是如此，已经足够章太太作为应急之用。）

就在夫妻俩说话的同时，屋内其他地方却悄然无息，安静得出奇……

话说章太太也曾有过疑问——这么大一栋屋子怎么没请佣人和园丁？

她老公（依据这几年与洋人打交道的经验）给出的解释是——美国人工昂贵，即使有钱人也要掂一掂自己的荷包，如果女主人又恰好主内，多半会亲力亲为，了不起再请个钟点工。

"难怪你上司要付我们钱，原来打扫的工作都落在咱俩身上，这是劳务费啊！"

章太太嘴上抱怨，但心里是清楚的——好在这家人没请佣人和园丁，否则她和老公的"骗局"就无法展开了。

"好了吗？"章先生问，"还有两个小时飞机就要降落了。"

"好了好了。"章太太的目光忽然落在老公的领带上，"你的领带歪了。"

在章太太的巧手下，章先生的领带终于"归正"。

"可以走了吗？"他再次问。

"嗯！"她犹豫了一下，"不瞒你说，我紧张得全身发抖。"

"别紧张。"章先生拍拍老婆的肩膀，"见的是自己人，有什么好紧张的？"

章先生要老婆别紧张，其实他也很紧张，直到接机口走出来似曾相识的人儿，他才强迫自己镇定下来。

"姆妈！"章小舫首先投入母亲怀里，接着再投入父亲怀里，"阿爸！"

章氏夫妻从未像此时此刻般如此激动，想当初离国赴美，女儿还稚气未脱，如今却长身玉立，宛若出水芙蓉，不禁感叹岁月如梭……

跟在章小舫身后的陈氏夫妻也一一与多年未见的老友握手问好。

"看！我们把你们的女儿照顾得多好，一点儿也没亏待她。"陈先生乐呵呵地说。

"那还用说，比我们自己照顾得还好，我怕小舫会想换个爹妈。"章先生答。

"阿爸，"章小舫嘟着嘴，"你怎么这么说话？Uncle还以为你不要我了。"

此话一出，四位大人如临大敌，他们异口同声地表示只是开个玩笑，要小舫别胡思乱想（可见这四人有多宝爱这个女孩）。

见章小舫已被安抚好，陈太太对章太太说："许久未见，妳怎么瘦了那么多？是不是有什么减肥偏方？"

"哪有什么偏方？"章太太答，"减肥最重要的是管住嘴、迈开腿。我现在跟着营养师吃减脂餐，还和私人教练学练普拉提，看来效果不错。"

因为这个减肥话题，两个久未谋面的女人又重拾往日的热情。

"时间不早了，"章先生说，"我们先去吃个宵夜，再回家休息。"

"你车停哪儿了？"陈先生问。

"停车场，不过路有点儿远。这样吧！你们跟我太太走到打车处，我去提车，咱们待会儿见。"

后来的发展就像章先生预想的一样，大家高高兴兴地吃宵夜，又高高兴兴地回上东区的"家"，第一天的接机盛事就这么圆满落幕了。

第十章/蒙混过关

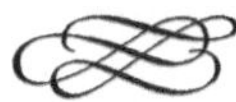

"今晚的宵夜花了多少钱？"已经上床的章太太问老公。

"三百多。"

"三百几？"

"398。"

章太太被当头一棒，怎么吃个粥也要花那么多钱？

章先生立即表示粥是龙虾粥，饭是蟹肉炒饭，其他还有油爆带子、锅烧桂花鱼、干煎龙利和虎平鸡爪。

"我知道我们吃了什么，但也不用那么贵啊！咱们是不是被骗了？"

"妳忘了我们还开了一瓶五粮液，光那瓶就要一百四。"

听到这儿，章太太无语了，398元是他俩半个月的伙食费，如今一餐就花掉这么多，而接下来还有十多天，这要如何应付？

"我们是不是该去抢银行？"章太太生无可恋地问。

"不用抢，我又申请了1张信用卡，应该能应付此次危机。"

每当这个家有经济困难时，两口子首先想到的便是申请信用卡（可以拆东墙补西墙），现在手头上已经有十多张，如今章先生又申请1张，章太太已经什么话都不想说了。

"放心，船到桥头自然直。"章先生安慰她。

"你就只会这一句，能不能换个说法？"章太太问。

"换个说法就是别作茧自缚，横竖这个钱都得花，妳何不享受花钱的乐趣？"

真是一语惊醒梦中人！打从来美后，章太太每天都在跟生活搏斗，日常花销也压缩到最低，连买一双拖鞋都要纠结半天，如今就像她老公所言，反正要营造富足的假象，何不放开束缚，好好享受花钱的快乐？

"你是对的，我听你的。"章太太停顿了一下，"我以为我们已经申请不了更多的信用卡。"

"这次我是以洗衣店的名义申请的。"章先生解释，"公司卡有更高的消费上限和更长的免息还款期，你和我都是持有人，明早我给妳一张。"

由于章先生白天还得上班，大部分的接待工作自然落在章太太的头上（还好她是老板娘，"短暂"离开收银岗位还不致于出乱子）。就这样，章太太拿着一张在她看来"无上限"的信用卡刷遍大大小小的景点和餐饮店，甚至还给心爱的女儿买了一条梵克雅宝的四叶草项链。至于陈氏夫妻，自然也不能冷落——鳄鱼皮皮夹给了陈先生，阿玛尼的护肤品套装则给了陈太太。

"明天小舫和客人就要回国了，伤心不？"已经上床的章先生问老婆。

"嗯！"

"送机时可别一把鼻涕一把泪。"

"知道了。"

然而说是一回事，做又是另一回事，章太太真正诠释了什么叫"十八相送"，哭得那叫个惨兮。

待人都进关后，章先生不解地问老婆："小舫又不是从此见不着了，何必哭得如此伤心？"

"我哭我的，又碍不着别人，你让我独处几分钟，好伐？"

章先生走开后，章太太又掉下几行泪，因为与女儿和客人道别后，代表她的"好日子"没了，接下来又要面对坑坑巴巴的现实，除了应付日常开支，还有一大笔债务要还，尤其最近十几天疯狂消费，她已经没有勇气去查看明细，更害怕自己的老公某时某刻会发现"天价账单"，那压力可想而知，难怪章太太会克制不住情绪，让泪水恣意横流。

另一厢，回到上海的陈氏夫妻迫不及待地有了床前谈话。

"我看小舫的父母变了很多。"陈太太说。

"何以见得？"她先生问。

"那么大一栋房子也没请佣人，还有，你见过章太太的手没？都长茧了。"

"也许国外就时兴自己干家务，不过我同样也有疑问——老章说自己在华尔街工作，可是却坐地铁上下班，理由是支持环保，可是他载我们出行时却开车，怎么这会儿又不用环保了？另外，他说自己年收入百万美元，可是连块像样的表都没有，脚上穿的还是几年前的旧款。"

这对夫妻交流的结果是——小舫的父母到了国外就变低调了（压根儿就没往"两夫妻已经穷得叮当响"的方向想去）。

那么章小舫又是怎么看的？

虽然她父母很小心翼翼，但她还是察觉到有些许不同，譬如母亲的穿衣风格和父亲偶尔流露出的疲惫与愁容，不过也仅此而已。

果然章氏夫妻又再度"船到桥头自然直"（保住了过去的荣光与颜面），这或许是诸多风风雨雨中偶尔的放晴吧？！

"老天爷！请让我们停止负债吧！除了这个，我已别无所求了。"章太太忍不住向上苍祈祷着。

第十一章 / 刘梦菲

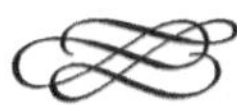

经过大一的洗礼，时间很快来到大二。某日，教创意设计素描的教授对她说："章小舫，妳的设计稿画得不错，就是有点儿小问题。"

"哪里有问题？"她问。

"一时也说不清，中午妳来停车场找我，我给妳好好讲一讲。"

"停车场？"

"嗯！我得赶下午的座谈会，时间上比较紧迫。"

章小舫表示既然时间上不允许，改天再谈也行。

"不，妳的问题虽然是小问题，但拖得越久越不利，咱们何不马上把它纠正过来？"

听完，章小舫总感觉哪里不对劲，她和他怎么就成了"咱们"？

待教授离开后，躲在走廊角落好一会儿的学姐立马走过来，问："何教授找妳干嘛？"

"他说我的设计稿有点儿小问题，让我到停车场找他。"

"又来了！"学姐翻了翻白眼，"就不能换点儿新花样？"

章小舫问这是什么意思？于是学姐在她耳边说悄悄话。

"不会吧？！"章小舫睁大眼睛，"这里是学校，就算是停车场，那也是公共区域。"

"爱信不信，反正我已经把话带到，妳若不怕死就去。"

因为学姐的警告，章小舫在去与不去之间犹豫不决，还好关键时刻她想起了Auntie（眼下也只有她可以倾诉了）。

陈太太一听说她的心肝宝贝"有可能"被染指，立即进入警备状态。

"小舫，千万别去停车场，我现在就过去处理，妳等我的消息。"陈太太说。

"食堂能去吗？"她怯怯地问。

"可以，别饿着，下午的课也正常上，就是别见何教授。"

当天，章小舫从中午等到下午四点半才收到Auntie的留言——事情已搞定，我在停车场等妳，待会儿一起上国金吃饭。

半小时过后，章小舫果然见到Auntie。

"何教授怎么说？"她一上车就问。

"他说他要到别的城市教书。"

"真的？为什么？"

"哪有那么多为什么？可能是他个人的原因吧！譬如为了更好的收入。"

章小舫还是不相信，陈太太遂要她别多想了，那是别人的事，如果每一件都要拿出来追根究底，自己的生活还要不要过？

"也是。"章小舫停顿了一下，"老实说，如果真如学姐所说的那样，我倒宁愿何教授赶紧消失。"

"不谈了，不谈了，反正麻烦已经远离了。"陈太太将方向盘一转，"对了，妳的那位学姐叫什么名字？"

"她叫刘梦菲，刘备的刘，做梦的梦，加菲猫的菲。"

陈太太边开车边琢磨，最后下了个决定——邀请刘梦菲到会所来。

"妳想请她吃牛排？"章小舫问。

"嗯！咱家的牛排只请尊贵的客人，她帮了那么大的忙，怎么也得表示一下。"陈太太答。

"那好吧！我明天问问她。"

谁成想当章小舫和陈太太坐下来吃火锅时，何教授与刘梦菲正吵得不可开交。

"为什么搞我？"何教授火冒三丈，"这对妳有什么好处？妳还想不想有好成绩？"

"我也不知道章家有这么大的势力，何况这事也不能全怪我，是你说我是你最后一个女人。"

何教授能爬到这个位置相当不容易，现在正是享受成果的时候，岂料却被两个小贱货给掀了遮羞布。

"妳……"何教授指着刘梦菲，"妳和那个章小舫会有报应的，我就等着看妳俩的笑话。"

对于刘梦菲来说，自从大二那年被何教授性侵后，她也曾有过挣扎，最后还是自己与自己和解——横竖已是何教授的人了，她能做的便是从这个人身上榨取最大程度的利益，譬如进学生会、领取奖学金和获得好评推荐信（方便日后就业或出国留学）等。然而才两年的工夫，这秃顶老头儿又看上更新鲜的，是可忍孰不可忍？

当刘梦菲还在为"错失可利用的棋子"而懊恼时，章小舫的邀请给她带来了希望。

"妳说妳Uncle和Auntie要请我吃饭，为什么？"她问。

"感谢妳让我远离麻烦。"章小舫答。

刘梦菲当然清楚所谓的麻烦指的是什么。

"那妳爸妈呢？"她又问。

"我爸妈在美国，一直都是Uncle和Auntie照顾我。"

传言章小舫就读国际学校，拿的是香港身份，如今看来，她的家境确实比刘梦菲想象的还要好。

"行，到哪儿吃饭？"她三问。

"我Uncle的会所。"

"妳Uncle还有会所？"

"他是商会主席，当然有会所。"

闻言，刘梦菲全身上下的细胞都在沸腾。

"那好，什么时候？"

"周五晚上七点，我Uncle和Auntie会来学校接我们。"

因为这个邀约，刘梦菲兴奋了好几个晚上，这是她人生中千载难逢的机会，无论如何都得好好把握。

时间很快来到星期五的晚上，地点正是XX会所。

"刘小姐，这是我们会所的招牌，妳尝尝就知道。"陈先生热情地招呼客人用餐。

刘梦菲优雅地切下一小块放入嘴里，当舌头触碰到食物的那一刻，她两眼发光。

"太……太好吃了！简直入口即化，这是我吃过最棒的牛排。"她说。

"哈哈！这还得感谢我夫人，是她手把手教厨子做的。"

陈先生话一答完，陈太太立马更正——是某个蕙心社太太传授的厨艺，她不过是照搬过来。

看刘梦菲露出迷惑的表情，章小舫解释蕙心社是一帮太太们设立的，平常就是聚餐、唱歌、插花或打打高尔夫，偶尔也会做公益。

刘梦菲心想——这不就是富太太们的聚会吗？还搞出个某某社，不清楚的还以为是什么了不起的组织呢！

虽然心底蔑视，但刘梦菲表现出来的却是恭维，还说如果自己也能加入蕙心社就好了。

"不行，"章小舫立马泼来冷水，"妳得是商会成员或商会成员的老婆才能加入。"

刘梦菲被怼得哑口无言，还是陈先生出手相助。

"刘小姐还年轻，也许过个三、五年也能加入商会，到时候我太太还得向妳请教呢！"他说。

话说得很动听，可是当刘梦菲望向陈太太时，后者却低头喝茶，不置一语。

这冷淡的身体语言激起刘梦菲的好胜心，她下定决心一定要让陈太太高看她，甚至做到平起平坐。

"陈先生客气了，"她答，"哪天我若加入商会，肯定是我先向陈太太取经。"

话都说到这个份上，此时的陈太太也不得不虚应一下，这让刘梦菲多少有扳回一城的胜利感。

就这样，一场看似融洽的聚餐在谈笑风生与觥筹交错间圆满结束了，殊不知另一场风暴正在形成……

就这样，一场看似融洽的聚餐在谈笑风生与觥筹交错间圆满结束了，殊不知另一场风暴正在形成……

第十二章/惹火上身

陈太太见到刘梦菲的第一印象是——这女孩不简单，她的小心肝恐怕要吃亏了。

怀着这个偏见，陈太太自然表现冷淡，心思缜密的刘梦菲又怎会感受不到？只不过她比较圆滑，没有当场甩脸子。

这两个女人的隔空较量，陈先生和章小舫皆没瞧出来，加上后两者似乎并不反感刘梦菲，这给了刘梦菲一个空子——虽然在陈太太这边踢到铁板，但日后依旧可以通过章小舫接触到陈先生，从而达到阶级跨越的目的。

当刘梦菲正处心积虑地谋划时，那边厢的陈太太却毫无知觉，因为她压根儿就没把这个才二十岁初头的女生放在眼里……

就在聚餐后的某天，陈太太对章小舫说："下周酒会妳也一起去吧！"

"酒会？不好吧？！那些人讲的话我都听不懂，去了多尴尬！"她答。

"谁让妳听懂了？只要笑一笑，再赞美一下对方的见解就行了。"

"那多无聊！我宁愿待在家里画画。"

陈太太之所以让章小舫跟着一起出席，除了美丽的她能让酒会熠熠生辉外，还想将心肝宝贝往名媛的方向推去（以前章小舫尚年幼，陈太太的小心思只能暗藏心底，如今小女孩已长成大姑娘，是时候昭告天下了）。

"小舫，"陈太太将声音放柔，"Auntie能跟妳讲几句心里话吗？"

"当然，妳讲我听。"

陈太太边整理章小舫的衣领边说："妳已是个小大人了，应该抓紧机会露脸，那些叔叔阿姨们虽然未必说得上话，但他们见多识广，关键时刻能拉妳一把，所以别抗拒这样的聚会，何况与会人士也并非全是上了年纪的，也有像妳一样的年轻人参加。"

章小舫稍微考虑了一下便同意了，因为陈家经常大宴宾客，就当是参加家宴得了。

"太好了！我就知道小舫最懂得体贴人，是我的小棉袄。"陈太太爱怜地说。

讲到小棉袄，陈太太一度想收章小舫当干女儿，可惜远在德国的儿子不同意，因为这牵扯到遗产利益。既然儿子反对，陈太太只好把爱意以别种形式表达（譬如帮她觅个好婆家），也不枉这百年一遇的好缘分。

回到刘梦菲，聚餐过后，她把章小舫当成了自己人，不仅想方设法如影随行，连买奶茶也会特意买两杯，就差将对方绑在自己的裤腰带上；反观章小舫，她属慢热型，但在学姐的主动套近乎下，久而久之，她也当她是密友，所以当陈太太要她参加商会举办的劳动节酒会时，自然说了一嘴。

"酒会？那就是喝酒的聚会啰！长这么大，我还没参加过酒会呢！"刘梦菲满怀期待地说。

"也不一定要喝酒，果汁汽水也会有，不过那种聚会很无聊，妳不会喜欢的。"

刘梦菲怎么可能听得进去千金小姐的"一面之词"？她打算亲自体验一把，自然希望章小舫成全。

"可是参加酒会得有邀请函，我怕妳进不去。"章小舫说。

"所以才要妳带啊！妳是商会主席的亲侄女，保安不会拦妳的。"

其实章小舫和陈家完全没有血缘关系，但她不想多做解释，只一再强调行不通。

"那好吧！我不去了。"刘梦菲爽快地答，"对了，妳不是说打版出问题，不知道如何将立裁转平面吗？走！我教妳。"

当章小舫终于完成作业时，她的想法也随之改变。

"真的？妳真的愿意带我参加酒会？"刘梦菲故作惊讶状，"天哪！妳真是个天使，我爱死妳了。"

语罢，刘梦菲不仅拥抱了章小舫，还在她的脸颊上留下一个吻痕，这让章小舫多少感到不适，下意识往后退了一步，说："酒会在周六举行，晚上6点入场，我会在会所门口等妳。"

刘梦菲去过会所，这个星期六也没安排活动，出席完全没问题，于是当场拍板敲定。

陈太太一听说刘梦菲也会出席酒会，脸立即垮了下来，理由是——那么高档的聚会却混进阿猫阿狗，这成何体统？

"Auntie，"章小舫开始撒娇，"学姐协助我完成作业，她想参加就让她参加呗！反正又没有什么损失。"

"妳这孩子太单纯了，蛀虫都是先从最微不足道的地方啃起，我们得防微杜渐啊！"

"学姐不是蛀虫，而是益虫，她帮了我很多，何况我已经答应下来，现在反悔，我怎么说得出口？"

陈太太想了想，答："这次就算了，下次得先问过我，懂吗？"

章小舫立即点头如捣蒜。

其实陈太太之所以"网开一面"，不是因为心软，而是想借此机会釜底抽薪，彻底断了那个穷女孩的念想。

到了酒会这一天，刘梦菲端着香槟，像只花蝴蝶一样地到处刷存在感，陈太太感觉是时候扫除祸害了。

"刘小姐，妳这身衣服太漂亮了，是在哪儿租的？"陈太太当着一帮富太太的面问。

"这是我做的，不是租的。"刘梦菲不无骄傲地答。

"那么以后我和我的朋友们可不可以请妳制作衣服？"陈太太亮出无形的匕首，"就像那些裁缝师一样。"

后面那句一下子就将刘梦菲打回原形。

"当然可以，"刘梦菲皮笑肉不笑，"不过章小舫恐怕不会太开心。"

"为什么她会不开心？"陈太太进一步问。

刘梦菲本想倒打一耙，把章小舫拿来当垫背，但当看到陈先生走过来时，她改变策略了。

"我只是个努力想融入城市的乡下姑娘，万一手拙，制作出不合时尚风格的衣服，不仅自己丢脸，章小舫也会觉得很没面子，因为是她间接给了我这个机会，而我却搞砸了。"

"妳太客气了。"陈先生突然开口，"设计学院的高材生能差到哪里去？我太太若能请得动妳制作衣服，那是她的福气。"

陈太太很不高兴被自己的老公扯后腿，正想扳回局面时，刘梦菲出手了。

"我的毕业作品恰好是制作一件晚礼服，如果陈太太不嫌弃，可以当我的模特儿，等打完成绩，那件晚礼服就送给陈太太，不收钱的。"

"那怎么可以？"陈太太掩嘴浅笑，"不知道的人还以为我白嫖了一件衣服。这样吧！那件晚礼服就当是我买的，妳可以尽情发挥。"

见结局皆大欢喜，众人纷纷点头，这也包括心思简单的章小舫。

"太好了，学姐，这下子妳有钱买卡西欧了。"她说。

"没钱买卡西欧"不过是刘梦菲开的玩笑（虽然她也真的没那个闲钱），目的是嘲讽过度溢价的奢侈品，没想到此时此刻会被章小舫曝出来，刘梦菲感觉脸上无光，遂找了个借口上洗手间，等出来时，她惊喜地发现最想见到的人就立在眼前。

"妳还好吧？！需不需要解酒药？"陈先生关心地问。

"不太好，头很疼。"她揉揉太阳穴，"都怪我太贪杯了，如果我不喝那么多酒就没事了。"

"既然头疼，那么到会所的休息室躺一下，等酒会结束后，我会派人送妳回宿舍。"陈先生说。

"那太麻烦你了。"

"哪里，小舫的客人就是我的客人，照顾客人是主人的职责所在。"

就这样，刘梦菲被陈先生带到休息室休息，只是走出房间的陈先生却神情慌张。

"你上哪儿去了？找你找半天了。"陈太太一见到老公就吐槽。

"我……我上厕所去了。"

"上厕所？"陈太太仔细观察老公，"你是不是哪里不舒服？怎么脸这么红？"

"我……我的头有点儿晕，可能发烧了，也许吃点儿退烧药就会没事。"

陈太太还真找来退烧药让老公服下。

"好点儿了没？"陈太太问。

才刚服完药，就算是神仙妙丹，药效也没那么快，但陈先生还是回答好多了。

"咦！那个姓刘的女生上哪儿去了？怎么也老半天不见人影？"

陈太太忽然提到刘梦菲，用的还是"也"字，让陈先生很心虚。

"不知道。"陈先生很快地答，"对了，廖总来了没？"

"早来了，他也在找你。"

"那我们过去跟他打声招呼吧！"

陈先生成功转移老婆的注意力，同时也保住了不久前发生在那个小房间里的秘密，这意味着无人知道真相，除了当事人。

"如果今天是陈先生送我回宿舍，那代表有戏了。"躺在沙发上的刘梦菲忍不住幻想着，嘴角不自觉地往上扬。

第十三章／蜘蛛精和盘丝洞

陈先生果然亲自送刘梦菲回宿舍，只不过跟她想的完全不一样。

"你的意思是要我忘了，当一切从未发生过？"刘梦菲生气问道。

"我说了，我很抱歉，如果这件事伤害到妳，我愿意补偿，只要妳开口。"

就在两个多小时前，陈先生带刘梦菲到休息室休息，结果刘梦菲"忽然"在沙发前腿软，陈先生只能抱住她，哪知重心不稳，双双跌入沙发……

"还想跑？"刘梦菲一把纠住他的衣领，"你打算吃干抹净？"

"放手！"陈先生喝道，同时试着去解开那只紧握的手，"妳醉了，不知道自己在说什么。"

"也许我不知道自己在说什么，但你知道自己在说什么吗？你明明有生理反应。"

这下子陈先生慌了，他用力推开这个只比小舫大2岁的女生，落荒而逃。

在陈先生看来，此事乃意外，何况也没真的发生什么，只要在回宿舍的路上将事情说开，就能避免不必要的误会与麻烦。

视线回到车内，刘梦菲进一步追问陈先生所说的补偿指的是什么？

"钱、礼物或其他，什么都可以。"他答。

刘梦菲早想来趟欧洲行，不过她并没有被眼前可能会有的小恩小惠冲昏头，她清楚地知道像陈先生这样的人，就该放长线钓大鱼。

"不需要补偿，我醉了，你也是，咱们就当什么事都没发生吧！"她答。

陈先生万万没料到结局竟是如此，再三确认后才肯相信。

"谢谢妳的大度，以后若有事需要帮忙，请尽管来找我。"他说。

"一个22岁的大四女生能有什么事？陈先生您过虑了。"

话是这么说没错，但两个礼拜过后，"刘梦菲被陈太太赶出家门"一事还是传到陈先生耳中，而他也没有辜负对方，立即"仗义执言"——刘梦菲只是按约定上门量尺寸，没必要不留情面。

"谁稀罕她的破礼服？我那天不过是随便说说而已，谁知道她竟当真了。"陈太太答。

"人家又不是妳肚里的蛔虫，怎会知道妳说真说假？"

"咦！你今天怎么老替她说话？还有，你是如何知道此事的？莫非她跟你告状？说！你俩是不是眉来眼去很久了？"

这让陈先生从何说起？事情是章小舫无意间透露的，压根儿不关刘梦菲什么事，可是不管陈先生怎么解释，陈太太就是不信。

"妳冷静冷静，我上酒店住一晚。"陈先生说（打算冷处理的意味浓厚）。

"你敢？！只要走出这个家门，你就别想回来！"陈太太龇牙咧嘴地恐吓着。

然而陈先生还是毫不犹豫地推门而出，留陈太太在夜里独自饮泣。

"Auntie, 妳怎么了？"闻声而来的章小舫问。

陈太太正愁无人诉苦，抓住章小舫就是一阵输出。

"不会的，Uncle不是这样的人，学姐也不是。"

"怎么不是？我看人很准的，那个姓刘的就是蜘蛛精转世，妳Uncle就要被缠在盘丝洞里了。"

章小舫从小就读国际学校，英语课程排得比中文课程还多，难怪此时此刻的她会一头雾水，不知Auntie讲的蜘蛛精和盘丝洞究竟为何？但她依然选择当一朵解语花。

"小舫，也只有妳对我好，我是上辈子烧高香，这辈子才会遇见妳。"陈太太无限感慨地说。

"其实Uncle和陈哥哥对妳也很好，只是他们不懂得表达而已。"章小舫替陈太太盖好被子，"我去热杯牛奶，听说温牛奶有助睡眠。"

"谢谢妳，小舫。"

"哪里，这是我应该做的。"

将温牛奶递给陈太太后，章小舫回到房间，好巧不巧，刘梦菲这时候打来电话，问她在做什么？

"我Auntie心情不好，我刚安抚好她。"章小舫答。

"妳Auntie为什么心情不好？"

于是章小舫一五一十地告知，末了还问学姐什么是蜘蛛精和盘丝洞？

刘梦菲听在耳里，乐在心里，但仍不忘反问章小舫为什么提到蜘蛛精和盘丝洞？

"我Auntie误会妳和我Uncle有事，还提到蜘蛛精和盘丝洞，我听不懂，所以让妳给我讲讲。"

"蜘蛛精和盘丝洞就是……糟了！我忘了收洗衣机里的衣服，再不去，我会被骂到臭头，拜了。"

其实刘梦菲并没有忘了收衣服，而是她不愿承认自己就是那只害人的蜘蛛精。再说，此时此刻不是与"傻白甜"纠缠的时候，她得赶往酒店，好跟陈先生来个不期而遇。据章小舫猜测，她Uncle入住的应该是黄浦江边的R酒店，因为高级会员住宿有双倍积分（能升级房型或换礼物），还能享用行政酒廊的迎宾酒，她Uncle应该不会错过这些福利。

得到情报的刘梦菲很是兴奋，画完精致妆容便出门，殊不知此行将彻底改变她的命运……

第十四章 / 到嘴的肥肉

夜里的黄浦江畔五光十色，一边是万国博览建筑群，另一边则是现代化高楼大厦，两岸耀眼的灯光与河中七彩的观光船构成了上海最美的夜景，到处透露着纸醉金迷的气息。

此刻，脚踩高跟鞋的刘梦菲正迳直走向富丽堂皇大厅的最深处。

"您好，我是商会主席陈文夕的秘书，有份文件想亲自交给他，您能告诉我房号吗？"刘梦菲礼貌问道。

"很抱歉，我们不能透露客人的房号，您何不打他手机，让他亲自下来取？"酒店前台答。

刘梦菲的内心嘀咕着（我若知道手机号，何必麻烦妳？），但表现在外的却是落落大方。

"好的，那么您方便告诉我行政酒廊在哪一层吗？"她递过去一张星巴克代金券，"也许我和我的老板能在那里见面。"

"行政酒廊在23层，"酒店前台的工作人员收下代金券，"我相信您的老板也会上行政酒廊。"

当陈先生接到前台打来的电话时，着实有些懵，因为现在已是夜里近11点钟，她的秘书很少在这个时间点找他，甚至还找上酒店（她是如何知道他投宿这家酒店的？）。

在强烈好奇心的驱使下，陈先生没拨打电话核实就直接上行政酒廊，秘书没见着，反倒遇上一个意料之外的人。

"刘小姐，妳怎么在这里？"陈先生问道。

"噢！"刘梦菲故作惊讶状，"是陈先生，你怎么也在这里？"

"我找我秘书呢！"

"坐，"她指向对面座位，"也许你秘书上洗手间去了。"

陈先生想想也对，于是坐了下来，此时服务员递上一张酒单，他点了一杯白兰地。

"这里的酒挺贵的，"她吐了吐舌头，"我点了一杯蓝色玛格丽特就要150元。"

"没事，到时候我买单……呃！事实上也无需买单，我是高级会员，可以带一位客人免费饮酒。"

"那太好了！我正想买醉。"

陈先生想当然尔地问为什么想买醉？刘梦菲便把早已拟好的腹稿念出来，果然达到想要的效果。

"原来妳过得这么苦，上课之余还得在酒吧驻唱，难怪今晚妳打扮得如此妖娆。"

"我也不愿意啊！但不这么打扮，饭碗就保不住了。"

"对了，妳还没告诉我为什么上这里来？"

"说来话长，今晚酒客闹事，酒吧老板让我避一避。我也是缺心眼儿，竟然到这么高档的地方消费，如果不是遇见您，我一晚的驻唱费就没了。"

陈先生没料到酒吧驻唱员的工资会这么低，他还以为收入颇丰呢！

"既然出外散心，也别饿着肚子，我给妳叫点儿东西吃吧！"陈先生说。

"那怎么好意思？"

"没事，反正也没多少钱。"

于是这一老一小在昏暗的灯光下边吃喝边摆起了龙门阵，也正因这次谈话，刘梦菲得知章小舫与陈家毫无血缘关系。

酒过三巡后，烈酒的后劲很快显现出来，陈先生感觉快撑不住了，不得不告辞。

"你就住这里，有什么好赶的？大不了我送你回房间。"刘梦菲说。

"那不好。"

"你是不是嫌弃我？"

陈先生当然否认，于是刘梦菲岔开话题，继续天南地北地聊。几番来回，陈先生终于不支。

"陈先生，你听得到我说话吗？"刘梦菲问。

此时的陈先生已在九霄云外，哪还能听到刘梦菲的问话？

见事情的发展全照自己的计划来（她没料到商会主席会

这么好骗，看来她高估他了），刘梦菲恨不得仰天大笑。

次日一早，尚睡眼朦胧的陈先生看到衣衫不整的刘梦菲就躺在身边，吓得六神无主，还因此打翻了床头柜上的枱灯。

"这……这是哪里？"闻声醒来的刘梦菲边问边从床上坐起，原本还挂在身上的胸罩因这个动作而滑落下来。

见状，陈先生下意识撇过头去，而刘梦菲则尖叫一声，接着躺回被窝哭泣。

"别……别哭。"陈先生捂住头，"这是怎么回事？让我好好想一想。"

这一想，他忆起自己上行政酒廊找秘书，结果秘书没找着，反而跟刘小姐喝了一晚的酒，连最后是怎么回房间的都没印象。

"刘小姐，我会给妳一个交代的。"陈先生对床上的女人说。

"你怎么交代？呜呜呜，我还是个黄花大闺女，第一次就这么被你夺走了。"

陈先生暗啐一声——怎么就睡了个处女？这运气也太背了！

"听着，"他说，"我现在心好乱，待会儿还有个重要买卖要谈，等我把公事办完，回头一定给妳一个满意的交代，妳看这样行吗？"

刘梦菲拭去眼角的泪水，乖巧地点头。

"那好，妳去上课，我去上班，咱们今晚就在这个房间见，我来安排。"

"嗯！"刘梦菲又点头，"你不会放我鸽子吧？！"

"不，不会的，我不是那样的人，对了，"他拿出手机，"我加妳微信。"

刘梦菲求之不得，立即起床找手机，曼妙的身材一览无余，陈先生再次撇过头去。

加好微信后，陈先生立即找了个借口开溜，连梳洗一下都没有。

重回床上的刘梦菲还在为接下来的进展做沙盘演练，手机突然发出提示音，她低头一看，原来陈先生给她的微信转账了10,000元，备注栏上写着"置装费"。

"哈！我不过是扯掉上衣的几粒钮扣，这老头儿竟然给我一万块钱的置装费，不啃这块肥肉都对不起我自己。"她喜上眉梢，"不知今晚还会有什么惊喜出现，我等不及要揭开谜底。"

第十五章/追悔莫及

陈先生今日的商务谈判很成功，不出意外的话，这单能让公司进账两亿多元，然而此时此刻的他却一脸愁容。

"陈总，中午需要帮您点外卖吗？"他的秘书问。

陈先生对吃不讲究，食堂里的食物也能接受，可是今日的他有心事，不想待在人多的地方。

"帮我点个叉烧饭加鸳鸯奶茶吧！"他说。

"好的，还需要别的吗？"

"不需要。"他忽然电光一闪，"对了，昨晚怎么不见妳？我在酒廊等妳等了老半天了。"

秘书一头雾水，反问她应该出现在酒廊吗？

"莫非酒店前台搞错了？"他喃喃道，"算了，妳忙妳的吧！"

人走后，陈先生并没有进一步追根究底，因为他捅出的娄子已经够让他心烦意乱了。

到了下班时间，陈先生终于拟好说辞，他相信刘小姐应该会接受……

"我不接受。"刘梦菲答。

"为什么？这个条件不差，如果妳有其他想法，不妨提出来。"

陈先生给的方案是2o万元现金，外加一辆十万元的车（也可抵现金）。

"你怎么这么俗？开口闭口都是钱。实话告诉你，我很早就有将贞操献给丈夫的想法，如今你夺走了它，这个损失无法用金钱或其他物质来弥补。"她说。

"那怎么办？生米已经煮成熟饭了。"

"只要你是我的另一半即可，这并不违背我的原则。"

陈先生感觉很不可思议，首先，他比她大上三轮不止，当她祖父绰绰有余；其次，她未婚，但他已婚，虽然老婆不总是尽人如意，但也没想过要背弃她；其三，因为一次失身就把下半辈子也搭进去，在他看来有欠考虑。

"听着，妳要什么都可以，偏偏这个行不通，妳还有大好人生，不应该被一个老人拖累。"

"那怎么办呢？我就喜欢年纪大的。"她欺身而上，"你也喜欢我，对吧？"

陈先生已到了耳顺之年，看见漂亮的小姑娘偶尔也会起色心，但从未行动过，此次与刘小姐产生交集纯属意外，不在他的预谋中。

"刘小姐，请自重。"他推开她，"妳父母若见着了，会有多伤心。"

"你这句话不是应该在侵犯我之前说？现在才说，你让我感觉自己好下贱！"

陈先生怎么忍受得了这种"表面自我伤害，实则控诉"的压迫感？所以一方面安抚，一方面思考。

"这样吧！"他说，"只要不影响到我的家庭，我尽量满足妳。"

"这可是你说的。"

"是我说的。"

"那么我要你给我租个房，每周在房里见我一次。"

陈先生瞠目结舌，不敢相信刘小姐会提出这种要求。

"妳知道自己在说什么吗？"他问。

"我当然知道，横竖我俩已经发生过关系，做一次和做N次没什么区别，我从此就跟定你了。"

闻言，陈先生感觉手脚冰冷、呼吸急促，好半天都说不出话来。

"你还好吧？！"她问。

"不好，我的头好痛，因为妳的思想出了问题。"

此话一出，刘梦菲呵呵呵地笑个不停。

"这是很正经的事，请严肃对待。"陈先生很不高兴地说。

"我没有不严肃啊！"她收起笑脸，"反倒是你不诚实，一直拒绝相信自己依然有魅力。"

虽然陈先生感觉赶不上眼前女人的节奏，但她倒是说对了一点——他不认为年迈的自己还有魅力。

"别开玩笑了！"他说。

"好，不开玩笑。"她轻抚他脸颊，"宝贝儿，你要忍到什么时候？"

一句"你要忍到什么时候？"让陈先生破防了，反手就给刘梦菲一个大耳刮子。

被打的刘梦菲还未从震惊中清醒过来，下一秒便被陈先生推倒在床。

"这是妳要的，别怪我！"他说。

谁也没料到结局竟是性欲打败了道德，当激战结束后，陈先生的悔恨又加深了，与刘梦菲的"大功告成"一比，那叫个讽刺！

第十六章/东窗事发

面对一夜未归的丈夫，陈太太表现得相当大度。

"洗手吃饭吧！"她说。

陈先生欲言又止，最后还是按老婆说的，洗完手后坐下。

"今天的鱼不错，我特意让胡阿姨清蒸，那才吃得出新鲜，你试试。"陈太太说。

陈先生夹了一块鱼肉，却不是给自己的。

"老婆辛苦了，妳多吃点儿。"他说。

陈太太嘴巴答不辛苦，心里却很受用，这可以从接下来的良好互动中看出。

目睹眼前的一切，章小舫感觉好神奇，怎么一场风暴就这么悄然无息地落幕了？看来这世界还有很多她不明白之处。

时间辗转来到毕业季，已经与陈先生同居近半年的刘梦菲又提了个要求。

"我怎么出席毕业典礼？妳就不怕被小舫撞见？"陈先生问。

"撞见就撞见呗！到时候再编个理由不就得了？"

陈先生不像刘梦菲，任何借口都能信手拈来。再说，那样的场合要说多无聊就有多无聊，他宁愿打瞌睡也好过如坐针毡。

"说吧！这次要什么礼物？"陈先生挑明了问。

"你怎么像我肚里的蛔虫？"她咬住枕边人的耳朵，接着轻吹一口气，"告诉你，我想要一块劳力士绿水鬼。"

"那是男表。"

"现在就流行女生戴男表，好不好嘛？"

劳力士绿水鬼系列动辄十几万元一只，不是陈先生买不起，而是刘梦菲欲壑难填，过去的几个月里，她已经花掉不下两百万元，最近的一次在3周前，理由是认识150天纪念日（陈先生记得认识100天时也曾大出血过）。然而毕业终究是大事，怎么也得送点儿什么。

"我可以给毕业礼物，但不是表，而是送妳留学。"陈先生说。

"留学？"刘梦菲来了精神，"到哪儿留学？"

陈先生早有准备，所以对答如流，然而刘梦菲似乎不甚满意，因为她以为留学目的地怎么也得是"美英澳加新"中的一个。

"妳说的那些国家得有雅思或托福成绩，毕业后也很难留下来，但香港就不一样了，只要专科以上学历就能以进修的名义获得香港身份证，以后不论定居或就业都不成问题。"

刘梦菲想想也对，她的英语水平欠佳，想通过雅思或托福考试得到一纸通行证很有压力。再说，香港终归是同文同种，大大减低适应上的困难。

"好呀好呀！"刘梦菲转为眉开眼笑，"什么时候去？"

"妳这边同意了，我马上交代中介办理，急件的话，3个月就能办下来，不耽误妳九月份上学。"

从表面上看，陈先生为了情人，方方面面都考虑周到，实则他是为自己做打算，因为刘梦菲是颗不定时炸弹，早去除早安心，所以想出这么一个绝妙好招，既能"眼不见为净"，还能釜底抽薪（等她在香港站稳脚步，认识的青年才俊一多，自然不会把他这个糟老头子看在眼里，他也就能毫发无伤地全身而退了）……

等待入学的日子总是漫长，不过这不影响刘梦菲继续花钱买快乐，逢人问起，她便回答自己交上了富豪男友，这位富豪不仅负担了她生活上的所有花销，还要送她到香港读书。

也不知是嫉妒使然还是真的有什么把柄落下，反正不友善的言论开始流传……

刘梦菲不是不清楚人言可畏的道理，但当流言传入她耳朵时还是很难受，如果不是陈先生已婚，同时还那么大的岁数，她肯定乐于公布男友的名字，偏偏不幸被那帮三姑六婆给言中了，人是已婚，还有地中海秃，怎么都拿不出手。

由于心中带着气，刘梦菲决定把气撒出去，对象直指她的眼中钉——章小舫。

"章小舫，"她终于逮到人，"我就要到香港读书了。"

"我听说了，恭喜！"

一句"听说了"让刘梦菲如鲠在喉，心想章小舫肯定也把那些八卦听进去了。

"妳就不好奇我为什么要到香港读书？"刘梦菲问。

"妳为什么要到香港读书？"

刘梦菲没料到章小舫会一点儿弯都不带绕，直接复制。

"是我男友的主意。"她停顿了一下，"妳不会不问我男友是谁吧？！"

"妳男友是谁？"章小舫又复制了。

"我男友是……妳何不回家问妳Uncle?"

"为什么要问我Uncle？"

"因为……因为我男友是妳Uncle介绍的。"

章小舫心想这倒新鲜，于是当晚与Uncle和Auntie共进晚餐时，她便把问题抛出去，这可把陈先生给害惨了。

"她……她男友是……是……"

陈先生还在找"替死鬼"，陈太太却已给出暗示。

"该不会是老庄吧？！他已经丧偶多年。"陈太太说。

"是……是……不，不是老庄，是……是老马，你们不认识，他是香港人。"

"原来是香港人，"章小舫恍然大悟，"难怪他会送学姐到香港读书。"

"是，是啊！"陈先生夹了一筷子的宫保鸡丁到自己碗里，"胡阿姨炒的鸡肉就是好，一点儿都不柴。"

吃完晚饭，陈先生借口加班，躲到书房去，陈太太也没闲着，连夜与包租公司对账（可见她也发觉有事不对劲），结果竟发现一个惊天秘密——她老公将一处房产收回自用，时间长达半年。

次日，陈太太便亲自上门一探究竟，果然门后站着的是有大半年未见的蜘蛛精……

第十七章/亲者痛，仇者快

"怎么是妳？"刘梦菲开门后问。

"怎么不是我？这还是我的房呢！"陈太太答。

"进来吧！"她让开身，"给别人看到了不好。"

的确给别人看到了不好，因为刘梦菲的身上就只着一件薄纱，内衣内裤全看得一清二楚，跟没穿没多大区别。

进屋后，陈太太更是气不打一处来，好好的房子乱得不成样，桌上还有酱油印子。

"阿姨昨天请假没来，三餐我全叫外卖。"刘梦菲答（算是解释了屋内的脏乱和那个酱油印子）。

陈太太找了个看起来还算干净的位子坐下，接着开门见山。

"妳打算跟我老公这么不清不楚下去？"她问。

"没有不清不楚呀！我和他一直很清楚，他负责我的生活所需，我则负责他的生理需求。"

这是陈太太第一次想扇人耳光，怎么有人会无耻下流到这个地步？

"我的时间很宝贵，说吧！要多少妳才肯离开？"陈太太强按下怒火问。

"那得问老陈，只有他才懂得我的价值。"

陈太太已经一退再退，可是刘梦菲却得寸进尺，是可忍孰不可忍？她愤而拿起桌上的水果刀，哪知刘梦菲根本不当一回事。

"妳可想好了，我的命不值钱，但妳和妳老公的名誉很值钱，如果事情闹开了，谁受伤最重？妳心知肚明。"

陈太太颓然放下刀，忍不住嚎啕大哭起来。

"妳太沉不住气了，当原配会很吃亏的。"刘梦菲继续补刀。

"是的，我应该忍，忍到妳上香港读书，也许事情还有转机。"陈太太哽咽地答。

一语惊醒梦中人，刘梦菲这才知道陈先生为什么要送她去香港。

"既然妳都这么说了，那我就不去香港了，在上海好吃好喝好住着，不比在人生地不熟的地方强？"她答。

"妳以为可以这么无法无天下去？我总有办法治妳。"陈太太发狠话。

"好呀！放马过来，我等妳。"

离开"盘丝洞"后，陈太太感觉胸闷，一直喘不过气来，但仍强撑着，结果还是在斑马线前不支倒地。就那么不凑巧，一辆大货车急驶而来，前轮辗过陈太太的身体，当场血流如注。

闻讯赶到医院的陈先生，看到的是一副破碎的身躯，不禁抚尸恸哭起来。

"Auntie怎么了？"冲到太平间的章小舫急急地问。

"人没了。"陈先生强忍悲痛，"妳别掀布盖，我怕吓着妳。"

"可是……"

"我已经确认过了，是妳Auntie没错，我想她也不愿吓到妳，还是让她在妳脑海中保留原来的模样吧！"

章小舫脑海中的Auntie总是轻声细语、慈眉善目，她不明白这样的好人为什么也会遭逢厄运？

想至此，章小舫泪流满面。

"别哭，"陈先生拍拍她的肩膀，"妳还有我。"

陈先生不说则已，一说，章小舫更是悲从中来，两人不禁相拥而泣。此时，医院的工作人员过来喊陈先生办手续，章小舫表示她就留下来陪Auntie。

"不，妳不能留在这里，这是规定。"工作人员正色地说。

无奈之下，章小舫只能同陈先生一起去办手续。办好后，章小舫突然想到得通知陈哥哥。

"我来通知吧！"陈先生心力交瘁地说。

当听到Uncle在电话中向儿子交代车祸始末时，章小舫这才知道是Auntie昏倒在先，大货车碾压在后。

"Auntie为什么会昏倒呢？"她问通完电话的陈先生。

"不知道，可能身体忽然不适，这提醒我待会儿得到警局查看监控。"

看完监控，证实陈太太的确昏倒在先，验尸报告也显示死者体内没有不明药物，种种迹象显示无可疑之处，于是陈先生平静地接受"意外死亡"的鉴定结果，这也包括从国外赶回来奔丧的陈家唯一男丁。

章小舫上一次见到陈哥哥还是十多年前，如今再见，他依然高冷，面对母亲的忽然身故，表现在外的是超乎常人的理性与克制。

"你要带一点儿骨灰回德国吗？"章小舫问。

"骨灰？为什么？"

一句"为什么"让章小舫破防了，她反问陈哥哥难道不思念自己的母亲？

"思念不需要借助外物，再说，骨灰只是燃烧后的身体组织灰烬，不代表什么。"他答。

只那么一会儿工夫，章小舫立即判断自己与陈哥哥不是同路人。

"那好吧！希望你回德国后一切顺心。"她说。

"我是要回德国，那妳呢？妳不回到自己父母的身边吗？"他问。

"我……我还在读大学，读完自然会回美国。"

"那好，希望妳说到做到。"

章小舫没料到Auntie一走，陈哥哥就来赶人，还好Uncle明事理，他要章小舫别听他儿子的，想住多久就住多久，这也是他太太的心愿。

陈先生提到死去的太太，章小舫忽然感伤，为了Auntie，她怎么也不能抛下Uncle，让他孤独终老。

"Uncle，我会一直陪你，直到你再也不需要我为止。"章小舫掏心掏肺地说。

"好孩子，我就知道自己没看错人。"陈先生颇感欣慰地答。

当这对毫无血缘关系的"父女"正真情流露时，始作俑者却已飞到日本北海道，又是骑马，又是看烟花，好不快活！

第十八章/踏脚石

陈先生查监控只从马路边查起，如果再往前看去，他不难发现自己的老婆是从刘梦菲所住的公寓走出来，那么后者的嫌疑就大了。

不论如何，刘梦菲算是逃过一劫，这也让她往后的索取之路更加顺畅，毕竟没有陈太太这只拦路虎，她想怎么着，还有做不到的吗？

反观陈先生，自从老婆去世后，他有好长一段时间陷入抑郁当中，做什么都不带劲，直到一封邮件的到来，他才发现刘梦菲并没有向香港报到，这是怎么回事？

陈先生首先想到的是打电话核实，可是怎么打都无人接听，只能下班后前去一探究竟……

当他打开房门时，门后的一切让他惊呆了。

"宝贝儿，别愣在那儿，快进来。"刘梦菲巧笑倩兮地说。

"妳……妳怎么知道我会来？"他边问边关上身后的门。

"当你打电话给我时，我就知道你会来，所以特意准备了烛光晚餐，都是你爱吃的。"

陈先生往桌上看去，有红烧肉、四喜丸子、响油鳝丝和荠菜豆腐汤，的确都是他的心头好。

"洗手吃饭吧！"她说。

"妳说什么？"陈先生问。

"我说洗手吃饭吧！"

时间一下子跳回到事故发生前，当时陈太太面对一夜未归的陈先生也是这么说的。

洗完手的陈先生坐下，刘梦菲很热情地招呼他用餐，又是夹菜，又是倒酒。

陈先生默默吃着饭，忽然想到重要的事，问起刘梦菲为什么没去香港？

"你太太过世了，我怎么可以在你最困难的时候离开？当然是留下来陪你啰！"她答。

"妳也知道那件事？"

"当然，事情还上了热搜，毕竟你是大人物。"

"别说什么大人物了，在死亡面前，什么都变得不重要。"

"看来你还没从丧偶之痛中走出来，我得好好陪你，让你享受到家庭的温暖。"

实话说，自从摊上了刘梦菲这个大麻烦后，除了享受到鱼水之欢外，陈先生大部分的时间里都在想着如何摆脱她，可是眼下他却感觉庆幸，还好有个人能填补他内心的空缺，至少他不孤单。

用餐完毕后，这两人一起用投影机看了一部电影，也不知是从哪儿找来的，反正内容挺养眼的。

看完电影后，他俩洗了个鸳鸯浴，期间，陈先生差点儿没忍住。

"等一等，待会儿给你一个惊喜。"刘梦菲在他耳边低语。

原来所谓的惊喜是做全身按摩，当刘梦菲按到大腿内侧时，陈先生再也忍不住，一翻身，将她压在底下。

"你压到我了。"刘梦菲说。

"就是想压妳。"他答。

"轻一点儿，我怕……疼。"

此话一出，陈先生急不可耐，他使出洪荒之力，直到刘梦菲讨饶了为止。

隔天，陈先生精神奕奕地上班去，这是他自从成为鳏夫以来，第一次又有了活力。

反观刘梦菲，打从陈太太车祸去世后，她放飞自我了好一阵子，为的是排解内心的罪恶感。后来她想通了，生死有命，不是她激将几句就能改变命运。换言之，那是陈太太的命数，与她无关，她能做的无非是代替陈太太照顾好陈先生……

明眼人一看，这哪是想通了？分明是替自己的私欲找借口。说到底，她是自私的，还是不带遮掩的那种自私，想成为第二个陈太太的野心相当明显，目的无非是为了钱和阶级跨越。

可怜陈先生还沉浸在自己又重获爱情的喜悦当中，压根儿就没意识到自己不过是刘梦菲长征路上的踏脚石……

第十九章/摇滚男人

章小舫的设计风格偏老钱风，有种低调的奢华，在保留传统精致感的同时，也不忘跟上潮流（加入了少量的现代元素）。

教《结构设计与成衣工艺》的东教授对章小舫很赏识，认为她假以时日必成大器。

面对赞美，章小舫谦虚地表示自己还有很多不足之处，尚在学习当中。

"很好很好，"东教授频频点头，"年轻人能不矜不伐，相当难得。对了，妳这周末有空吗？我想介绍个人给妳认识。"

"抱歉！我的周末都排满了。"

"这样啊！那很可惜，也许以后还有机会。"

自从被何教授惊吓到之后，章小舫便与男性师长保持距离，凡私下约见面的，一概婉拒，还好目前为止尚未被针对过。

与东教授道别后，一位学姐拦下她，问："学妹，妳能不能替我的毕业展走秀？"

再过几个月就是服装与服饰设计科系的毕业展，所有的大四生此刻都在抓人当模特儿，章小舫不知已拒了多少。

"抱歉，我已经答应学长了。"她答。

"妳指的是……王姨？"

"是的。"

"呵！王姨可真命好，我还以为没人替他走秀呢！"

王姨指的是王翰南，他是服装与服饰设计科系中"唯二"的男生（另一名是大一新生），但人一点儿也不阳刚，反倒有阴柔之美，举手投足尽显娘味，难怪会被安上"王姨"这个称号。

"王姨的命好不好，我不清楚，但我的命肯定不坏，因为他给了我不少创意灵感。"章小舫对学姐说。

"罢了罢了，一个愿打一个愿挨，我还是赶紧找人吧！"

其实王姨第一次找上章小舫时，她也曾犹豫过，而王姨是这么说的——如果连妳也拒绝我，那就没人帮我走秀了，换言之，我将毕不了业。

"你这是道德绑架。"章小舫说。

"我说的是事实。"他答。

章小舫承认王姨很难找到人替他走秀，原因有二，一是他的设计太另类，不是每个模特儿都能驾驭；二是他本人非常注重细节，而且个性刚愎自用，不懂的人很难与他做有效沟通。至于性别表现（指男性气质或女性气质）……那倒不构成"拒绝"的理由，毕竟现在的年轻人很容易接受新事物，包容性也高。

学姐走后，章小舫忽然想到已有数日未见王姨，何不跟他打声招呼，顺便看看他的进展如何？

想到做到，她迳直往创样教室走去……

"哎呀呀！"王姨见到来者，像蜜蜂见到糖，"妳来了正好，快帮我试穿一下衣服。"

"做好了吗？"章小舫问。

"还在完善中，妳先穿了就是。"

等章小舫从更衣室走出来，王姨又哎呀呀地叫，因为穿反了，有扣子的那面应该在前。

"我反倒觉得这样穿更好，"章小舫对镜摆出各种Pose，"腰再系朵白牡丹就平衡了。"

"哎呀呀！妳是设计师还是我是设计师？这是我的场子，得听我的。"

话说得没错，章小舫只能顺从，然而接下来的发展却不在意料之中——王姨发现裙长超了，得拆了重做。

"超了？"章小舫惊讶问道，"还好吧？！再说，也不是不能补救，裁了就是，不需要重做。"

"这妳就不懂了，裙摆我缀了珠子，不是说裁就能裁，至于裙长，旁人可能看不出来，但我看出来了。没办法，处女座就是容不下一点儿瑕疵。"

此次毕业展不同于以往，分为商务装、休闲服、运动服和晚礼服4个部分，也就是说每名准毕业生必须完成4套衣服。王姨手上的这一套是晚礼服（还得拆了重做），其他三套尚没个影，而时间只剩五个月不到。

"你确定你赶得出来？"章小舫问。

"赶得出来最好，赶不出来就完蛋了，因为那意味着我得回去继承家业。"王姨边拆珠子边答。

"什么家业？"

"制药厂，现在由我哥和我嫂在打理。"

章小舫噢了一声，没有接话，王姨反倒主动把事情说得更明白些。

"你的意思是家人给你十年的时间，如果届时还是激不起任何水花，你就得接手制药厂，让你哥去追寻他的梦想？"她问。

"是的，不过现在只剩六年了，所以我一定得拿到毕业证，否则后面都是白搭。"他答。

此时的章小舫更好奇王姨的哥哥有什么梦想，遂问。

"我哥的梦想是组织一只摇滚乐队，由他作曲兼主唱。"王姨答。

"摇滚乐队？"章小舫眼前一亮，"那太cool了，比制药有意思多了。"

王姨纠正是卖药，不是制药，因为制药是由机器制。

"干嘛鸡蛋里挑骨头？"她忽然电光一闪，接着掩面大笑，"想到你或许也要卖药去，那个画面很funny。"

"就会笑话我！"他睨了她一眼，"还有事吗？有事启奏，无事退朝。"

无端被王姨扫地出门，但章小舫一点儿也不生气，因为王姨不像别的男生一样会刻意讨好她，反倒让她觉得身心舒畅。

走出创样教室后，章小舫一时不知何去何从，忽然，一个模糊的影子在她脑海中一闪而过。

"喜欢摇滚乐的男人一定不无聊，"她心想，"不知王姨的哥哥会创作出什么音乐来？"

第二十章/王翰东

陈先生把刘梦菲视为填补内心空虚的解语花，她想要什么皆尽量满足，但有一点是不变的——他的老婆只有一位，目前还没有再婚的打算。

刘梦菲提了几次"转正"被拒后，也不再提了，反正来日方长，先享受一段挥金如土的幸福生活要紧，等关系稳固了再来收拾这个糟老头子还不迟。

正因为这两人达成了某种"说不清、道不明"的共识且非常有默契地隐瞒恋情，导致章小舫一直被蒙在鼓里，不过这也好，至少她度过了一段风平浪静的日子，多少抚平失去Auntie的伤痛。

时间辗转来到大四生的毕业展，章小舫穿着王姨直到最后一刻才赶出来的服装上台，收获了不少掌声。

等4套衣服都走秀完毕，回到后台的章小舫还没来得及喝上一口水，王姨便走过来对她说："妳是我的福星，如果我能拿到毕业证，功劳簿上肯定有妳的名字。"

"哪里，我什么都没做，只是上台走一圈而已。"

对于章小舫来说，她不过是履行承诺，并不代表她全然欣赏王姨的作品，好比那件网球服，肚皮露出一大截，真要上球场，岂不走光？

"不，妳帮了很大的忙。"王姨说，"这样吧！横竖今天我哥和我嫂也来了，咱们就一起吃个饭。"

章小舫本想推辞，但一琢磨，既然王姨的哥哥也会出席，何不借此机会看看喜欢摇滚乐的男人到底是什么三头六臂？

"好，等我把脸上的浓妆卸了再说。"她答。

约饭地点在衡山路，外表是一栋法式古典建筑，吃的却是粤菜，而这还不是最令人吃惊的。

"东教授，您怎么在这里？"章小舫惊讶问道。

"呵呵！我被王同学抓来吃饭。"东教授答。

"哎呀呀！"王姨开口了，"干嘛撇清关系？舅舅就是舅舅，改变不了的。"

这个回答很令人瞠目结舌，原来东教授竟然是王姨的舅舅。

"那么进本院校是不是……"

章小舫话还没说完，东教授立即表示他没帮忙，是外甥靠实力考进去的。

见东教授误会了，章小舫赶紧澄清自己不是那个意思，而是服装学院不止一所，王姨……呃！王同学想必是受舅舅的影响，所以选择在同一所学校学习。

东教授再次否认，然而王姨却有不一样的说法——他不在意读的是哪所学校，只要能让他接触到这一行即可，倒是他过世的母亲认为有亲人在同一所学校，多少能帮衬点儿。

此话一出，被自己的外甥打脸的东教授也只能顾左右而言他："咦！那两人怎么还没来？"

"应该快了，哥说他的车停在校门外，估计因此耽搁了。"

王姨话音刚落，包厢的门被打开，走进一对气质不凡的男女，男的长相斯文，女的落落大方。

"哎呀呀！怎么这会儿才到？让人好等。"王姨说。

"对不起，车停远了，又遇上大塞车，所以迟到了。"王姨的哥哥致歉并解释。

"没关系……"章小舫和东教授异口同声，前者让后者先说。

东教授也不推辞，除了强调"上海交通繁忙，市中心尤甚，能赶到已经很不错了"之外，还当起了介绍人，章小舫因此得知王姨的哥哥叫王翰东，旁边站着的是他的老婆凌佩雅。

"原来妳就是章小舫，"凌佩雅主动坐在章小舫身旁，"听舅舅说妳的设计作品是我喜欢的类型，一直想见上一面，果然赶早不如赶巧。"

章小舫电光一闪，东教授曾说过要介绍个人给她认识，想必正是眼前这位。

"我不知道东教授要介绍的是凌姐，若早知道，我下雨落雹也会前来见上一面。"

章小舫的回答惹来王姨吐槽——认识三年了，今日方知章小舫也会阿谀奉承的那一套。

"这哪是阿谀奉承？"凌佩雅出手相助，"我是越看小姑娘越喜欢，人怎么可以出落得这么标致？你说是吗？翰东。"

王翰东自从在T台上看到章小舫，内心一直无法平静下来，如今被自己的老婆点名到，他的慌张可想而知。

"嗯……是……不是……是。"他说。

"哈！到底是还是不是？"凌佩雅笑了，"莫非你还在想着公事？"

王翰东没回答，但他老婆已自作主张把他的反常归为"因想着公事，所以心不在焉"。

"王……哥哥连休息时间也在想公事，压力一定很大吧？"

章小舫看着王翰东说，而王翰东也在看她，可是接下来的声音却来自另一个女人。

"可不是吗？竞争太大了，如果原地踏步，很快会被同行赶超，只能日复一日，年复一年地鞭策自己向前。"凌佩雅答。

目睹这一切的王姨感觉不妙，赶紧岔开："哎呀呀！你们都不饿吗？光顾着说话，我可是饿坏了，咱们点菜吧！"

话都说到这个份上，当然是喂饱肚子重要，于是五人同时结束寒暄，开始翻看菜单……

第二十一章/捅了马蜂窝

聚餐结束后的那个周五夜里，凌佩雅邀请章小舫隔日到家里来做客。双方一交换信息，这才得知王家住所和陈先生的度假别墅竟位于同一小区，小区内就有会所和高尔夫球场。

"怎么这么凑巧？妳Uncle叫什么名字？"凌佩雅在手机那端问。

"陈文夕，文章的文，夕阳的夕。"章小舫答。

"哎呀！那不是商会主席吗？妳是他侄女还是外甥女？"

说来话长，章小舫只能用最简短易懂的几句话来概括，当然也包括Auntie陈的意外身故。

"妳真不容易。"凌佩雅说，"我也算虚长妳几岁，以后有什么开心或不开心的事，妳都可以跟我分享。"

章小舫本来还想婉拒见面，但见凌姐如此掏心掏肺，她反倒不好开口。

"好，明天我来。"她答。

星期六上午吃过早餐，章小舫告诉Uncle想去金色花园小区。

"妳为什么要去金色花园？"陈先生颇为吃惊地问。

"我最近认识一个新朋友，她也住在金色花园，我们今天约了在她家吃饭。"

"约的几点？"

"中午12点。"

陈先生看了一眼时间，还有两个多小时，应该来得及。

"好，我知道了，需要庞司机送妳一程吗？"他问。

"不需要，我走走看看也挺有意思的。"她答。

待章小舫出门后，陈先生立即拨打刘梦菲的手机号。

"我还以为是什么大事，来就来呗！"她打了一个长长的哈欠，"我今天凌晨才睡下，困得很，拜了。"

陈先生没料到刘梦菲会挂他电话，再打却提示已关机。

兹事体大，陈先生只好打给照看别墅的周阿姨，请她把刘小姐送走。

话说刘梦菲是一个多月前才搬到金色花园小区，周阿姨本来就对"从天而降"的"客人"颇有微词，既然老板开口了，她乐得轰走对方。

"干什么？"被吵醒的刘梦菲怒不可遏，"没看到我在睡觉吗？"

"老板让妳现在走，直到章小姐离开金色花园，妳才可以回来。"周阿姨说。

刘梦菲愣了两秒后，终于明白周阿姨的意思。

"章小舫是个什么东西？！"刘梦菲咆哮着，"凭什么她来我就得走？"

"这我哪儿知道？妳得问老板去。"周阿姨有恃无恐地答。

刘梦菲果然找来手机打过去，电话那头的陈先生旧话重提。

"我就不懂了，她来金色花园找朋友干我何事？我不出去不就得了？"刘梦菲气愤非常地说。

陈先生强调不可以，因为金色花园的别墅里有章小舫的个人房间，她若想顺道拿点儿东西也是可能的，而现在不是公布他俩恋情的时候……

刘梦菲从来没有像此时此刻一样憎恨过一个人，甚至气到想大卸对方八块！

"知道了，我现在就梳洗一下。"她咬紧牙关地答。

挂断电话后，刘梦菲发现周阿姨还没走。

"妳看什么看？"她没好气地问。

"老板说妳只有半小时的时间，他要我盯着妳离开小区。"周阿姨答。

当刘梦菲离开金色花园时，肚子里的火已经将她烧得面目全非，即便是平常她最热衷的购物，此时也兴趣缺缺。

"等着瞧！总有一天我会把失去的加倍要回来。"她愤恨地想着。

第二十二章/司令官

王家的屋内格局和陈家一模一样，只不过陈家多了一个阳光房。

"是违建吗？"凌佩雅问。

"不是，阳光房是由原来的洗衣房改造的。"章小舫答。

"那洗衣怎么办？"凌佩雅又问。

"Auntie让人把洗衣机和烘干机全移到车库内。"

"烘干机？"

"是的，Auntie认为被阳光晒过的衣服寿命短，所以洗过后全进了烘干机，再由阿姨一件件烫平。"

凌佩雅心想这倒新鲜，只是难为阿姨了。

没料到章小舫回复只要工资给到位，阿姨不会在意的。

此话一出，王家夫妇傻眼了，王翰东想的是这年头竟有如此耿直之人？而凌佩雅想的却是怎么这话听着怪怪的？但又不知怪在哪里。

"咳咳！"凌佩雅故意咳嗽两声，"小舫，你试试这鳗鱼，跟店里卖的没两样。"

章小舫吃了一口后，给出评价——好吃是好吃，但还是没有现烤的好吃，她知道有一家专做烤鳗鱼的店，有空可以请凌姐和王哥哥一同品尝。

"那太好了！"凌佩雅兴奋说道，"这不就约上了吗？妳把妳Uncle也叫上。"

"可以，如果他有空的话。"

从表面上看，凌佩雅八面玲珑，对谁都和善，其实她的好是有针对性的，但凡能给自己或家族带来利益，她便是天使，否则即是冰雪女王。

换言之，像章小舫这样涉世未深的女孩，根本不入凌佩雅的眼，若不是高定礼服太昂贵，而平替的衣服又可遇不可求，她也不致于萌生"让未成名的设计师来替她设计和制作衣服"的想法。

章小舫是舅舅推荐的，没料到还意外带出一个商会主席，等于一石二鸟，凌佩雅直呼自己好运气，因为认识有头有脸的人越多，对王家的企业就越有利，而她之所以如此势利，背后其实还有更深层的原因——公婆已逝，自己的老公又成天想着音乐，唯一的小叔子还靠不住，等于王家所有的重担都压在她一个人身上，她不得不坚强起来，对内雷厉风行，对外则广交权贵……

"我看择日不如撞日，"凌佩雅对章小舫说，"就约明天中午吃鳗鱼吧！妳现在就打电话给陈主席。"

看客人流露出为难的表情，王翰东出手相助，提醒老婆明天已约了乔总打高尔夫。

凌佩雅电光一闪，是呀！她怎么把这么重要的事给忘了？

"瞧我这记性，只能下次再约了。"凌佩雅改口。

章小舫大松一口气，岂料凌佩雅的下句话却是邀请章小舫打高尔夫。

"你们不是跟人约好打球了吗？"章小舫一头雾水地问。

"那是明天，我们仨今天一样能打啊！反正球场就近在咫尺。"

章小舫欲言又止，凌佩雅遂要她不用担心，球杆和球服可以用她家的。

"那倒不必，Uncle家也有，我走过去拿就是，可是……"

章小舫话还未答完，凌佩雅已果断下命令——太好了！咱们半小时后球场见。

起初，章小舫以为遇到了一位知心姐姐，然而才几天的工夫，知心姐姐就成了指手画脚的司令官，这差距未免也太大了？

"章小姐，妳需要什么？"周阿姨见到忽然出现的章小舫，一点儿也不惊讶地问。

"我来拿高尔夫球杆，顺便换身衣服。"

"好，我这就去取球杆。"周阿姨很爽快地答。

章小舫也没闲着，迳直上楼换球衣，可是……

"周阿姨，有人碰过我的球衣吗？"章小舫问。

"我只负责清洗和熨烫……有问题吗？"提着球包的周阿姨反问，表情有些古怪。

章小舫记得上回回来时，球衣散发着薰衣草的香气，可是此时此刻球衣上的味道却是茉莉花香，难不成周阿姨又重洗了一遍？

"妳……"

"什么？"周阿姨问，"妳有任何疑问都可以问我，没关系，尽管问。"

正因为周阿姨如此"坦荡荡"，章小舫反而不好质疑。

"没什么，妳提包跟我一起去球场吧！"

"……噢！"

章小舫不明白为什么周阿姨会忽然像只泄了气的皮球，只能归为女人偶尔的情绪波动。

转眼间，这主仆二人已经在球场待了一个多小时，周阿姨也刷了一个多小时的手机。

"小舫，"凌佩雅看准目标，使劲一挥杆，"其实妳可以让阿姨离开。"

"她若走了，谁来背球包回家？"

此话一出，王家夫妇再次傻眼了，虽然打球时他俩也有雇球僮背球包的习惯（好比现在就是），但从球场到家也不过短短几分钟的步行距离，他俩还未矜贵到这个程度，可是眼前的这个小妮子却当仁不让地对号入座了。

正因为章小舫表现出富家千金的脾性，打完球后，凌佩雅指使老公送"公主"一程，反倒是章小舫推辞了，因为她还得回屋把球衣换下。

"那有什么问题？"凌佩雅答，"等妳准备好了，打个电话过来就是。"

就这样，章小舫跟着阿姨回家，40分钟后，王翰东已将车子开过来……

"章小姐，"周阿姨赶在车子开走前拦下，"今晚妳还会再上这里来吗？"

"不会，妳为什么问这个？"

"没什么，慢走。"

看车子渐行渐远，周阿姨忽然有种失落感，但凡章小姐能敏感些，她肯定乐于打小报告（譬如告知家里来了个外人），因为她巴不得刘小姐赶紧消失。虽说章小姐也同样不好伺候，但至少大方啊！像今天背球包，人家一出手就是一百元小费，哪像刘小姐，既粗鲁又一毛不拔，像极了打滚撒泼的守财奴……

当周阿姨嘴里犯嘀咕时，殊不知刘梦菲就躲在暗处。

提起刘梦菲，她已经在外流浪大半天了，本以为找到一个好时机，可以挫挫章小舫的锐气，无奈有外人在（还是个开宾利的帅哥），只能作罢，哪晓得接下来便听到周阿姨在数落自己，她的愤怒可想而知。

"切，我治不了章小舫，难道还治不了一个阿姨？今晚我非得让她滚蛋不可！"刘梦菲咬牙切齿地说。

第二十三章 / 意料之外

王翰东的外表看起来斯斯文文的，但内心其实很狂野，他最大的梦想便是有朝一日也能站在舞台上恣意狂歌热舞，就像他的偶像黄家驹一样（此人是Beyond乐队的主唱兼吉他手）。然而家里有家业要继承的他又怎能"为所欲为"？令他沮丧的还不止此，连娶妻也是包办婚姻，那才叫个郁闷！

大概看出儿子的抵触心理，王翰东的父亲对他说："儿啊！原配只有一个，但这并不影响你有红颜知己，所以也别把事情想得太糟糕。"

王翰东也清楚许多"成功人士"的背后其实是有后宫的（人数可能还不止一个），但他是有追求的，期待能与他的Miss Right相濡以沫、白头到老，所以他父亲的言论无疑亵渎了他的爱情。

见儿子仍不愿"将就"，王父与王母商量过后，决定把婚给退了，倒是"准新娘"很不服，被取消婚约的当晚便约王翰东出来说话。

"你若对我有任何不满，请说出来，我可以改。"她开门见山地说。

如果把凌佩雅放在古代，活脱脱就是个侠女，那种"不畏艰难、行事果断、从不拖泥带水"的性格，王翰东也非常欣赏，奈何他本人是外貌协会的忠实会员，喜欢甜美型，个性最好单纯点儿，没那么多算计……

"妳很好，真的，完全不需要改，咱俩不过是少了点儿眼缘。"他真诚地回答。

话说凌佩雅的外表并不丑，人也干净利落，就是面相不讨喜，不仅颧骨高，还有一个硕大的鹰勾鼻，很难不让人联想到传说中骑着扫帚的巫婆。

"眼缘？"她沉默片到，"好，我知道了，请给我一年的时间。"

"为什么要给妳一年的时间？"他问。

"秘密，但你必须答应我在这一年内绝不会与任何人订婚或结婚。"

虽然王翰东觉得这个要求很奇怪，但能暂时摆脱"麻烦"也是幸事，于是答应了下来，没想到一年后……

"妳……妳是……凌佩雅？"他惊讶问道。

"是的，我回来了。"

王翰东简直不敢相信眼前的女人正是一年前已谈婚论嫁又退婚的对象，因为她的鹰勾鼻不见了，颧骨也低了很多。

"妳动脸了？"他问。

"是的，削骨手术的恢复期很长，疼得我眼泪哗哗哗地流，还好最后挺过来了。"

听完，王翰东内心最柔软的部分被触碰到，他不敢相信有人会为了他经历那么多的痛苦。

"妳辛苦了。"他说。

"不辛苦，只要能达到你的审美要求，一切都值得。"她停顿了一下，"我达到了吗？"

王翰东被问住了，虽然凌佩雅的外形改善很多，但还是没长在他的心巴上，他想要的是甜心公主，不是英气十足的花木兰。

见王翰东迟迟不表态，凌佩雅的心凉了半截，但她还不打算认输，依旧在做困兽之斗。

"手术恢复期间，我还报了两个在线学位课程，分别是初级财务会计与股票投资学，就希望有朝一日能帮助到王氏企业。"她说。

听到这里，王翰东破防了，这个女人纵有万般不是，但看在"忠心耿耿"的份上，怎么也得给她一个机会。

对于这个意外的"反转"，王凌两家乐见其成，于是两个年轻人开始"正式"交往，若不是王父突染恶疾，民间又有"冲喜"的习俗，王翰东与凌佩雅的"试探期"应该会长一些，而不是赶鸭子上架似地匆匆走入婚姻殿堂。

婚后，这两人很有默契地各司其职（王翰东是慢郎中，适合担任后勤；凌佩雅则是急惊风，所以站在最前线），相辅相成的结果倒也琴瑟和鸣、一切向好，只有一事是双方家庭都深表遗憾的——结婚三年多，凌佩雅的肚皮依然平坦，医生说是女方的生理缺陷，即使通过科学手段，怀孕的机率依然很低。

某天，凌佩雅对老公说："你家接受不了领养，所以我同意你在外面生一个，前提是不能有情感上的出轨，孩子抱回来养之后，你便得与女方彻底断了联系。"

正因凌佩雅冷静得可怕（像在说一件公事似的），王翰东反倒更加抗拒，因为他的内心仍是一名"少年"，还没准备好当别人的父亲……

"雅雅，我们现在就很好，妳想太多了。"他安慰妻子。

然而事情的发展似乎比王翰东想的还要严重很多，因为某日夜里，他的妻子竟然打开房门，让一名看着眼生的女人进来。

"雅雅，"王翰东捂紧被子，"这位是谁？妳怎么让陌生人进到我们的房间内？"

"这位是小倩，"凌佩雅介绍，"你俩先交流一下，如果不满意，还可以换人。"

兹事体大，王翰东也顾不上自己只着汗衣和内裤，直接掀被下床，把那个叫小倩的女人给轰出家门。

"东，你这是把我架在火上烤，我怎么向王家的列祖列宗交代？"凌佩雅眼眶含泪，"实话告诉你，现在你父母都拿有色眼镜看我，我已经被视为王家的罪人。"

"说什么呢？"王翰东拥妻子入怀，"我的老婆只有妳一个，任何人、任何事都撼动不了妳的地位，我保证！"

经过这场攸关婚姻存续的"考验"后，凌佩雅已经将心100%交给丈夫，并把王氏企业当成毕生无私奉献的对象。久而久之，王家二老也非常认可这个儿媳妇，同时悄咪咪地把传宗接代的任务交给老二王翰南。至此，无后问题总算是解决了，可是两年后，另一个问题出现了……

"东，你去组织乐队，那我怎么办？我一个妇道人家，身旁也需要有人参谋。"凌佩雅对老公说。

成立摇滚乐队是王翰东一生追逐的梦想，以前父母在，他不敢造次，如今二老先后离世，让他感叹人生无常的同时，也萌生"有梦就得去追"的想法。

"放心，等翰南大学毕业就能帮到妳，顶多3年的时间。"他解释。

王翰东与弟弟王翰南相差15岁，后者正在读大一。

"不，爸妈已经答应给他十年的时间去追求梦想，也就是说我等的时间不会是3年，而是9年，那太长了，我等不了。"

"妳说爸妈给我弟十年的时间去追求梦想？"王翰东扬起声，"什么时候的事？"

"很久了，大概是翰南高一或高二的时候吧？！他说将来想学服装设计专业，后来咱爸妈同意了。"

王家父母希望家里的老二学金融，王翰东是知道的，至于为什么弟弟后来改上服装学院，他并不清楚，单纯地以为也许是对高考结果所做出的妥协，如今老婆提起，他才发现事情并不简单，而是私下做了交易。

"这不公平！"王翰东怒气冲天，"为什么弟弟想学服装设计就喜提十年尝试期，而我想学音乐却被剥夺了？"

"不是这样的，"凌佩雅拍拍他的肩膀，"爸妈离世前曾说如果十年期限一到，翰南还是没能做出成绩来，他便得接手制药厂，改由你去实现梦想。"

此话一出，王翰东百感交集，他不敢相信这是父母的意思，因为印象中的父母一向把家族企业摆第一，不允许孩子有个人喜恶。

"是真的，"他妻子再次强调，"也许人之将死，其言也善吧！"

话说王翰东的父亲已经病了有一段时日，但忽然离世还是很令人措手不及，而更惊诧的是王母也因伤心过度，引发应激性心肌病（也就是所谓的"心碎综合症"），不到五日便驾鹤西归，若不是凌佩雅一人独挑大梁，指顾从容地替两老安排后事，估计王翰东有很长一段时间找不着北（他本人也很清楚这一点）。

这可以解释为什么凌佩雅很放心地让老公护送年轻貌美的章小舫回家，因为她料准王翰东大小事都得依赖她，谅他也不敢有二心，然而事情总有意料之外……

第二十四章 / 暴风雨前的宁静

章小舫一上车就坐在后座，让王翰东很不是滋味，感觉自己像个司机似的。

"咳咳，我猜妳应该有私人司机吧？！"他意有所指地问。

"正确地说是我Uncle有私人司机。"她答。

"难怪妳把我当成私人司机了。"

章小舫解释不是这样的，而是她比较慢热，不习惯与不熟的人靠得太近……

"我也很慢热啊！但我不会做出不礼貌的举动。"

王翰东话一说完，章小舫立即喊停车。

"什么？"他问。

"我说停车，快点儿。"

王翰东以为章小舫突然有生理上的不适（譬如晕车想吐等），遂赶紧路边停车，孰料后者竟是从后座换到副驾驶座上。

"开车啊！"她说。

王翰东大梦初醒，接着发动车子。

"妳……"王翰东边开车边看了章小舫一眼，"妳一向都那么直接吗？"

"你既然介意，我就换到前座来，这没什么大不了的。"她云淡风轻地答。

沉默半晌后，王翰东提到自己创作了一首曲子，问章小舫想不想听？

（注：王翰东会这么问是为了试探，但凡章小舫表现出一丝对音乐的厌恶，他便不让"好感"继续滋长。）

"当然，你唱吧！"她答。

王翰东记得上一次唱歌还是对着当时还是女友的凌佩雅唱，结果却被嘲笑（当然是以开玩笑的口吻），从此他便对外"封麦"了，以后纵使要唱，也是自己唱给自己听，章小舫算是"解麦"后的第一个听众。

我想乘风破浪，如果不是有妳结伴同行；

我想四海遨游，如果不是有妳相随左右。

亲爱的，若不是有妳与我惺惺相惜、患难与共，

我恐怕早已凋零，像那无根的花，也像那随风散去的草……

唱完后，章小舫给予热烈掌声，又是喊"encore"（再来一遍），又是吹口哨，彷佛亲临演唱会现场。

"妳也太夸张了，没那么好啦！"王翰东说，但心里美滋滋的。

"真的太棒了！曲风很像我喜欢的乐团 The Beatles 所创作的《Here Comes The Sun》，只是那首歌有一段长前奏。"

"我的这首也有啊！可惜没有电吉他，我无法弹奏出来。"

"那么哪天你弹出来，我好想听完整版。"

王翰东一答应下来就后悔，因为家里虽然有一间做了消音处理的房间（方便他平日创作音乐），但空间太小，基本只容一人转身。

章小舫听闻后要他无庸担心，因为她Uncle的别墅是边房，只要在靠近高尔夫球场的那间客房里弹唱，完全不会影响周围邻居。

"那太好了！我们现在就约个时间。"他说。

章小舫想了想，凌姐约她下礼拜六谈制作晚宴服的事，那就约在同一天吧！省得来回跑，同时也能约凌姐一同聆听。

听完章小舫的"计划"，王翰东面有难色。

"怎么了？是不是时间约的不对？"她问。

"不是时间问题，而是我老婆并不欣赏我的音乐，她觉得吵。"他解释。

"怎么会呢？"章小舫皱起眉头，"这么好听的音乐可不是经常有啊！"

"大概音乐也要找到对的那个人，好比妳就是！"

不知怎的，表达完后的王翰东忽然心跳加速，像对一个人刚表白完毕。

"没错，我就是那个对的人，我喜欢你的音乐。"

对于王翰东来说，最开心的事莫过于他"表白"了一个人，而那个人刚好也接受了。

" 那好，下星期六妳和我老婆谈话完毕，妳回妳Uncle家，我随后就到。"他说。

虽然章小舫感觉"瞒着凌姐"很不妥，但王哥哥不是提到凌姐不喜欢他的音乐吗？也许说了，"演唱会"便开不了了。

想至此，章小舫答应下来，殊不知一场腥风血雨即将来袭……

第二十五章/防微杜渐

王家夫妇两个月后即将参加生物医药企业家晚宴，上一次举办还是一年多前，当时凌佩雅花巨资买了一套浅咖配杏色套装，还豪气地戴上14毫米的大溪地高品质珍珠项链，孰料竟被误会是会场的工作人员，让她为之气结，所以这一次她打算闪亮登场，不再让自己处于尴尬的境地。

被委以重任的章小舫，心中其实也有自己的小算盘——升上大四后，她得为期末的毕业服装展忙活，横竖要做，就拿这次练手，顺便看看大众的反应。

既然双方各取所需，很快便一拍即合。

时间辗转来到星期六，两人坐下来沟通细节……

"我希望服装看起来高雅，但又不失新意。"凌佩雅说，"还有，别用黑、白、灰这3种颜色，因为容易让人联想到办公室文员。"

"好，我了解了。"章小舫电光一闪，"对了，妳能接受花卉、植物或昆虫当点缀吗？"

"可以，但我对变形虫、蜘蛛或其他看起来可怕的物种敬谢不敏，可爱点儿的金龟子或瓢虫倒还行。"

"嗯！"章小舫点头，"我记下了，其他还有什么要求或注意事项？"

"设计稿先让我看过后再制作，另外，2000元的定金今天给，尾款8000元等收到成品后再给付。"

"好的，没问题，现在可以帮妳量尺寸了吗？"

"可以。"

凌佩雅的身高约一米六，不胖，体型属于倒三角形，所以设计时必须截长补短，避免强调双肩的宽度，否则看起来像穿着一件盔甲似的。

当章小舫边量尺寸边思忖时，凌佩雅也没闲着，她问坐在一旁的老公对她的服装有什么建议？

"这是小舫的专业，专业的事就交给专业的人来做，我没什么可建议的。"他答。

因为老公的一句"小舫"（连姓氏都不带），凌佩雅不免留了个心眼，庆幸的是接下来的观察毫无异样（那两人皆从容自若），不免暗骂自己想多了。

其实凌佩雅的担忧并非空穴来风，虽然她老公是出了名的"妻管严"，大小事都听她的，但老男人找小姑娘的例子也不是没有，加上他亲昵地喊她"小舫"（而不是章小姐），所以还是得防着点儿。

量完尺寸后，凌佩雅让章小舫也帮自己的老公量。

"抱歉！"章小舫果断地说，"两个月完成一件衣服是我的极限，因为学校还有文化课要上。"

此话一出，王翰东忙不迭跟进，理由是自己已经有多套西服，不需要再定做，何况他并不在乎穿着，若不是正式场合需要，他连领带都懒得打。

"别让小姑娘看笑话了！"凌佩雅睨了老公一眼，"衣服是人的胆，如果穿得随便，很难让人有好印象，我说的对吗？小舫。"

"的确是要看场合穿衣服，"章小舫答，"不过以王哥哥的平时穿着来论，基本没什么大问题，所以不用过度担心。"

凌佩雅原先的想法是——如果章小舫以"翰东"称呼她老公，那就真的危险了，还好此事并未发生，看来她真的多虑了。

谈完公事，凌佩雅留章小舫一起共进午餐。席间，凌佩雅再度提到想会一会陈主席。

"今天回去后，我会问问Uncle。"章小舫答。

"那太好了！"凌佩雅眉开眼笑，"不论是吃烤鳗鱼还是上我家来，只要你Uncle一句话，我和我老公一定奉陪到底，是不是？翰东。"

凌佩雅善于公关，王翰东是知道的，但他很不喜欢老婆总让他作陪，如果有选择，他更乐于在自己的小房间内创作音乐，而不是被迫坐在老婆身边，当一名应声附和的工具人。

"我老婆就是我的司令官，她说什么是什么。"王翰东对章小舫说。

章小舫的心喀噔了一下，因为她也认为凌姐像个发号施令的司令官，与王哥哥所言不谋而合。

"一个人很难长期听命于一个人，我想你应该也是认同你老婆的。"章小舫对王翰东说。

有那么几秒钟，凌佩雅感觉自己隐形了——怎么这两人说话"旁若无人"，这是把她当透明人了？

"咳咳！"凌佩雅故意咳嗽两声，"小舫，待会儿我要上妇利会开会，今天就由我送妳回市区吧！"

这是下逐客令，章小舫自然听出来了，同时也没忘了上礼拜曾与男主人定下的约定。

"今天我得回Uncle的别墅一趟，所以不用麻烦了。"她答。

"那么我载妳到妳Uncle家吧！"凌佩雅说。

"真不用了。"

"一定要。"

章小舫很不解，不过几分钟的步程，何必如此客气？

反观凌佩雅，她想的可复杂了——再怎么着也不能让孤男寡女共处一室，所以她走后当然得"清场"。

"好吧！如果妳坚持送的话。"章小舫无奈地答。

第二十六章/打翻醋坛子

凌佩雅的车子一开走，章小舫便按了门铃，见无人应门，她又按了一次，依然无果。

"周阿姨该不会购物去了吧？！"章小舫边想边拿出备用钥匙开门。

进屋后，章小舫直接上二楼，再一次，她强烈感觉到有人动了她的东西，譬如她爱看的时尚杂志本来放在手工编织的立式书报架内，此时却摊开来放在床头柜上，还有，桌上的长臂折叠灯此刻正以一种奇怪的姿势站立着，而她绝不会允许那样怪异的事情发生……

"不行，等周阿姨回来，我肯定得问个清楚。"章小舫心想着。

当她刷完牙又补妆完毕，正准备下楼时，主卧室传来细微的声音。她原本想走过去一探究竟，不巧门铃声响起，肯定是王哥哥来了，她只好先开门去。

"哇！吉他也派上用场了。"章小舫兴奋说道。

"这是电吉他，我连音箱都带来了。"他答。

"那好，你马上就能开唱了。"

他俩进入的是一楼靠近高尔夫球场的边房，原本作为客房使用，在摆下书桌、衣柜和一张双人床后，已没有太多空间。

"会不会太小？不然换个地方也行。"章小舫说。

"没关系，我把书桌挪开，反正唱完就走，最重要的是别影响到邻居才好。"王翰东答。

经一番手忙脚乱后，房间终于挪出一个空间来。

待王翰东将电吉他插上电又调好音，接着便拨弹起来，前奏果然很长。

我想乘风破浪，如果不是有妳结伴同行；

我想四海遨游，如果不是有妳相随左右。

亲爱的，若不是有妳与我惺惺相惜、患难与共，

我恐怕早已凋零，像那无根的花，也像那随风散去的草……

当王翰东情绪高昂、热血澎拜地唱着歌时，有两个女人正听着，一个在房内，另一个在房外。

唱罢，章小舫用力鼓掌，把手都拍红了。

"没那么好，献丑了。"王翰东害羞说道。

"你太谦虚了，在我听来，完整版更激动人心，这么好的音乐应该分享给大家才是。"章小舫忽然想起什么，"对了，这首歌叫什么名字？"

王翰东一个多月前才完成这首歌，还未想好歌名，可是此时此刻一个名字却涌上心头。

"这首歌叫《Miss Zhang》。"他答。

"Miss Zhang？跟我的姓氏一样耶！这个Zhang是弓长张还是音十章？"

"是……是弓长张。"

话说王翰东的音乐梦一直在"被否定"中踽踽独行，好不容易觅得知音，还是第一个听到此歌的人，他就想以歌名致敬一下。所谓的Miss Zhang当然指的是章小舫，可是当本尊一问起，王翰东却选择逃避，他本人也道不出个所以然来。

"原来同音不同字，"章小舫答，"不过也很凑巧，毕竟中国姓氏有成千上万个。对了，你还有别的歌吗？"

"有，几十首呢！妳想听？"

"嗯！求之不得。"

王翰东唱了多久的歌，章小舫便聆听了多久，是聚精会神的那一种，不是敷衍了事。

半小时过去后，章小舫终于想起王翰东应该润润喉，遂提议到客厅休息一下。

"也好，我的喉咙的确有点儿干。"他答。

于是两人走出房外，不料却与刘梦菲碰个正着。

"妳……妳怎么在这里？"章小舫惊讶问道。

"这句话应该由我来问——妳怎么在这里？"

章小舫一时不知该如何回答，下意识喊着："周阿姨。"

"这里没有周阿姨，只有许阿姨。"刘梦菲看向厨房，"许阿姨，妳出来一下。"

话音一落，一个系着围裙的胖墩墩妇女从厨房走了出来。

"这是帮我做事的阿姨，姓许。"刘梦菲仿佛看笑话般地介绍着。

章小舫懵了，这是怎么回事？

"等等，一定有事搞错了，我得打电话求证一下。"她说。

"如果妳想打给老陈，我劝妳别打了，因为他正在飞机上，能接听才怪。"刘梦菲说完，转向许阿姨，"妳去忙吧！把刚买回来的乌鸡煲上，否则味道出不来。"

"是的，夫人。"许阿姨毕恭毕敬地答。

有那么几秒钟，章小舫感觉自己进入了平行时空（否则无法解释眼前的"物是人非"），不过也只是几秒钟的迷茫而已，因为王哥哥就站在自己身边，总不致于他也跟着一块儿坠入平行世界了吧？！

此时堕云雾中的章小舫还是决定拨打电话，可惜一语成谶——Uncle真的关机了。

看章小舫的表情，王翰东心中了然，他让章小舫随他一起离开这座宅子。

"可是……"

"我知道，反正你Uncle早晚会开机，到时候就水落石出了，总比杵在这里要好。"

章小舫想想也对，于是两人收拾东西准备离去，可是刘梦菲却叫住他们。

"等等，我得检查一下袋子，看你们有没有偷东西？"

话甫歇，刘梦菲伸手过去，反被王翰东给制止了。

"袋子里装的是电吉他和音箱，妳要检查也可以，但如果没有找到属于这栋房子的任何东西，妳必须连续3天在各大媒体平台刊登道歉启事，否则就等着我的律师给妳发律师函。"他停顿了一下，"对了，敝姓王，是王药集团的负责人，也住在这个小区。"

听说这个文质彬彬的男人正是王药集团的负责人后，刘梦菲立即矮了一截，话也不带刺了。

"既然是邻居，人品肯定没问题，你们走吧！我不检查了。"她说。

待人走后，刘梦菲五味杂陈，本来她只想给章小舫来个下马威，只要对方服软，她便既往不咎，仍让"学妹"在陈家保有一席之地，可是当得知这个只比她小2岁，却总是被幸运眷顾的女人居然交了一个有颜、有才又多金的男友后，她醋意大发，心想凭什么所有好的都归章小舫，而她只能守着一个年迈老人？

嫉妒之火烧得刘梦菲面目全非，本来能忍的，现在全不能忍了，她发誓一定要将那个"眼中钉、肉中刺"逐出陈宅外！

第二十七章/百转千回

王翰东邀请章小舫到他家喝茶，顺便平复一下心情，她无可无不可地接受了。

"妳认识那个趾高气扬的女生吗？"王翰东问。

"认识，"章小舫抿了一口热茶，"她是已毕业的学姐，也是服装学院的。"

王翰东心想——既然是服装学院的学生，不知弟弟认不认识此人？

"看样子她跟妳Uncle很熟。"他继续问。

"这也是我的不明白之处，他俩虽曾见过面，私下应该没有交集才是。"

"我相信你Uncle对此会有一个解释，倒是妳，老待在陈家也不是办法，什么时候去美国见父母？"

章小舫很惊讶，问他怎么知道她父母住在美国？

"我太太说的，难道不是？"王翰东反问。

章小舫赫然想起她的确曾在与凌姐的电话通话中简短地介绍过自己的双亲。

"陈哥哥……也就是Uncle的儿子，他不喜欢我老住在他家，我也答应读完大学就会回美国去，可是Auntie已经不在了，我怎么舍得留Uncle一人面对寂寞？加上Uncle也没赶我走的意思，反倒希望我多陪陪他。"

"我也认为妳应该留下来。"

"为什么？"

一句"为什么"把王翰东问住了，他希望她留下乃出于私心，可是他不能这么答。

"因为这里有妳熟悉的一切呀！当然，回到父母身边也是人之常情，所以最好的状态是毕业后留在国内工作两年，接着再决定去留。"他说。

章小舫也认为这样的安排很好，有了工作经验，到哪儿都比较容易再找到相关工作，而王翰东想的却是留住她，不管用什么借口。

"你呢？是不是大学一毕业就接管家族企业？"她问。

"也不是，这中间还发生很多事……"

就这样，他俩从家事谈到国事，再从国事谈到天下事，结果发现彼此的三观颇为一致，不同之处在于章小舫比较直接，有啥说啥，而王翰东习惯"闷声发大财"（但心里想的却与章小舫不谋而合）。

"我有个疑问，像妳这样受过菁英教育的人怎么也会喜欢摇滚乐？"王翰东终于道出心中疑惑。

"实话告诉你，从小到大我接触的多是古典音乐，但我本人并不排斥流行音乐，尤其你的作品属于摇滚乐早期，还带着那么点儿忧郁色彩，如果真到了重金属音乐的程度，我恐怕也接受不了，因为太过了。"

这段话触碰到王翰东心里的那根弦，因为他的外表虽温文儒雅，内心却有座火山，惟有通过音乐才能释放心中负能量和压抑许久的情感，不过这样的"任性"还达不到"疯狂野蛮"的程度，与章小舫所言刚好对上了。

"是的，我也不喜欢重金属音乐，那太过了。"他答，"对了，妳学的是什么乐器？"

"钢琴。"

"哪天能听妳弹琴吗？"

"可以，Uncle的别墅里就有一台三角钢琴，不过得等我把今天的事情搞清楚了再说。"

王翰东当然明白所谓的搞清楚是什么意思，遂问："妳要不要现在就打给妳Uncle？"

"不了，我回去再打，现在时间晚了。"

王翰东这才留意到天色的确晚了，此时的他反倒担心自己的老婆会忽然进门，那么他要如何"自圆其说"？

"时间的确晚了，我送妳回市区吧！"他说。

"也好。"她答。

当王翰东开车驶离小区时，凌佩雅刚好回来，两车交错，凌佩雅还按了一声喇叭，可惜她老公并没有摇下车窗，反而加速离开。

"奇怪！这个时间点正准备吃饭，翰东上哪儿去了？"凌佩雅边想边将车往家的方向开去。

回到王翰东驾驶的车内，章小舫说："刚刚那辆好像是凌姐的车。"

"是吗？我没注意到。"

其实王翰东注意到了，所以到现在还惊魂未定，他希望待会儿回去后不会被盘查。还有，虽然他已未雨绸缪地买通家里的唐阿姨，但难保不会被策反。简言之，此时此刻的王翰东相当焦虑，以致章小舫问一句，他才答一句，而且简短到以"是或不是，有或没有"来敷衍，让章小舫颇为不适应，索性不再发言。

到达目的地后，王翰东也只是礼貌性地道了句"再见"便扬长而去，与之前的侃侃而谈形成强烈对比。

章小舫虽然不解（甚至带着些许怒气），但注意力很快被转移，因为家里主卧室的灯已亮起，代表Uncle回来了。

反观王翰东，回家后战战兢兢，直到老婆表现如常，一点儿也不像要"查案"的样子，他才放下心中巨石，坐下来准备吃晚餐。

"唐阿姨，今天我出门后，家里来人了吗？不然茶具怎么洗了？"凌佩雅边问边捡了块比较不肥的红烧肉到碗里。

"没……没有啊！只有先生一人。"唐阿姨神情紧张地答。

"一人使用两个杯子？"凌佩雅又问。

王翰东主动回答了那个问题，表示自己泡多了茶，所以让唐阿姨也喝一杯。

"是这样的吗？"凌佩雅问唐阿姨。

"是……是的。"唐阿姨小声地答。

"妳可以走了。"

待唐阿姨离开后，王翰东问起妇利会今天讨论了什么？凌佩雅答还不是那些破事，换汤不换药。

"那么下次别去了。"他说。

"怎么可以？这是认识人的机会，我可不想放弃。"

因为换了话题，两人的谈话气氛还算融洽，此刻的王翰东"终于"放下心来，脸上也有了笑意。

第二十八章 / 见雀张罗

陈先生一开机便发现有好几通未接来电，分别来自章小舫和刘梦菲，不同之处在于前者并未留下只字片语，而后者却一连发来十几条语音留言，看起来很着急的样子，陈先生反倒退却了，因为今天的谈判不顺利，他累了，不想再有任何烦心事，所以打算明天再听。

回到章小舫，进屋后的她问胡阿姨："我Uncle什么时候回来的？"

"大概有半小时了。"

"他在睡觉吗？"

"不清楚，不过他交代妳若饿了可以先吃饭，不用等他。"

由于不确定Uncle是否在休息，章小舫并没有敲门询问，而是回屋歇着，可是等她坐下来吃晚饭时，陈先生也入座了。

"小舫，今天为什么打电话给我？有事吗？"他问。

"等吃完饭再说吧！"

"没事，妳说我听。"

"刘梦菲……也就是我学姐，她怎么住进金色花园？还有，原来的周阿姨不见了，换成了胖一点儿的阿姨，这是怎么回事？"

不讳言地说，当陈先生听到"刘梦菲"三个字时，他差点儿脑梗，心想小舫怎么一声不吭就回金色花园了？害他一点儿心理准备也没有。

"噢！那个……"陈先生边吃饭边思考，"刘……妳学姐临时无处可去，她是暂住的，至于周阿姨……她老家有事，所以我又雇了一个。"

"原来如此。"章小舫停顿了一下，"学姐叫你老陈，那个新来的阿姨还唤她夫人，我还以为……算了，事情说开了就好。"

陈先生一听不好了，怎么她俩还见上面了？

"刘……咳，妳学姐还说了什么？"陈先生问。

"没了。"

此时的陈先生松了一口气，心想还好事情尚未恶化，他还有机会补救。

"今天的猪脚炖得很烂，满满的胶原蛋白，妳吃了能养颜美容。"陈先生说，改话题的意味浓厚。

吃完晚饭，陈先生回屋去，第一件事便是拨打刘梦菲的手机号，结果一接通，对方的吐槽便排山倒海而来……

待刘梦菲发泄完毕，陈先生才给出噩耗："听着，我另外找房子给妳住，妳立刻搬出金色花园。"

刘梦菲一听仿佛晴天霹雳，她没料到老东西会拉偏架，甚至不惜将她扫地出门。

"你若敢让我搬，咱们就分，而且立即执行。"刘梦菲甩出杀手锏。

"随便妳，如果这是妳想要的。"

刘梦菲原本只想吓唬一下，哪晓得弄巧成拙，这要如何收场？

还好她脑筋动得快，不一会儿就让她想到一记妙招，幸运的话或许能一石二鸟、反败为胜。

"分手可以，"她假装平静地说，"但我的青春有价，一百万元，少一分都不行。"

陈先生正愁不知如何摆脱这个烫手山芋，既然对方给出价码，那再好不过，谁让他管不住自己的下半身呢？

"行，过两天我汇给妳。"他说。

"不许汇！我就要现金，而且明天就要。"

陈先生问她是不是遇上麻烦了？否则怎会忽然需要那么大一笔钱？结果反被刘梦菲回呛——你以为一百万元很多吗？买个好点儿的包都不止这个数。

"好好好，不多不多，妳高兴就行。"陈先生很无奈地答。

"那就这么说定了，你明天过来一趟。"她说。

"我尽量。"

"听好了，如果不来，后果自负！"

挂上手机后，刘梦菲立即网购，并且叫了闪送服务。等东西一送到，她马上安装和测试，确保万无一失。

第二十九章 / 兴风作浪

为了打发刘梦菲，陈先生今日特意提早下班，可是当他进屋时，气氛却有点儿诡异，尤其地上还有一个香蕉造型的毛绒玩具，上面绑着一条粉色丝带，一直延伸到楼上。

"周阿姨！"陈先生喊。

发现无人回应后，他赫然想起周阿姨已被刘梦菲辞退，可是新来的阿姨姓啥呢？

当陈先生搜索枯肠时，地上的香蕉忽然动了起来，显然有人拉动丝带，并且将它往楼上带。

就这样，陈先生跟着"香蕉"上楼，又跟着"香蕉"进主卧室，结果发现刘梦菲躺在床上，被子盖得严严实实的，只露出头发来。

"20多度还盖被子，不热吗？"他问。

刘梦菲不吱声，于是陈先生主动告知钱在楼下的行李箱内，同时问她什么时候搬出去？

话都说到这个份上，刘梦菲还是装死，陈先生也来了气，奋力将被子掀开，结果被眼前的一幕给惊呆了。

"红的红，白的白，黑的黑，全是你的。"说完，戴着猫女面具的刘梦菲还伸出舌头挑逗。

陈先生虽已届耳顺之年，但也是一名正常男人，哪经得起这样的诱惑？于是开始动手解衣裤，一刻钟后……

"钱在楼下的行李箱内。"心律已恢复正常的陈先生旧话重提。

"多少？"刘梦菲问。

"一百万。"

"不够。"

"怎会不够？一百万可是妳说的。"

"那方才的怎么算？"

陈先生电光一闪，原来刘梦菲要的是买春钱。

"我俩之间还计较这个？"他问。

"没办法，你不要我了，我当然得攒钱，尤其还有个小宝宝要养。"

当刘梦菲和陈先生约好见面后，她提前做了两件事，一是闪购针孔摄像机，二是买了一份真假难辨的验孕报告单。她的如意算盘是这么打的——如果老陈坚决让她堕胎，她便鱼死网破，用不雅视频勒索他，反正自己已戴上面具，丢脸的只会是老陈。

"妳说什么？"一脸震惊的陈先生问。

"我说我得攒钱。"

"后一句。"

"我怀孕了，有验孕报告单，你想看吗？"

看过报告单的陈先生不发一语，于是刘梦菲主动表示孩子生下后可做亲子鉴定，以验真伪，但别想让她堕胎，因为这是一条生命，她得为肚里的孩子负责……

"谁让妳堕胎了？"陈先生反问，"我高兴都来不及，怎会做这种亏心事？只是消息来得突然，一时半会儿还不敢相信这是真的。"

刘梦菲觉得好笑，她都还没一哭二闹三上吊，老陈就弃械投降，这未免也太好骗了吧？！

"你还让我搬出去住吗？"她眼露哀戚地问。

"不了不了，妳想待多久就待多久。"

"那钱……"

陈先生愣了一下，才想起楼下行李箱里的钱。

"那一百万元就当是给妳的奖励，妳想买什么就买什么，只要妳高兴。"

事情发展至此，刘梦菲也算是打了场胜仗，可是一想起仍被蒙在鼓里的章小舫，她就来气，怎么也不能便宜了那个婊子！

"听着，我改主意了。"她说，"这里紧邻球场，不适合养胎，我想搬到市区与你同住，这样小宝宝也能天天看到爸爸。"

若按照剧本来，刘梦菲肚里的孩子此时应该只有一颗种子大，可是她就是有办法夸大其辞，仿佛下一秒孩子就会喊爸爸了。

面对刘梦菲的"反复无常"，陈先生犹豫了——如果刘梦菲搬进来，等于宣告两人的恋情，他要如何向小舫解释？

"我看这件事还是缓缓再说吧！"

很明显，陈先生打算采拖字诀，可是刘梦菲却不吃这一套，而且为了取得赢面，她竟不惜把昨天发生的事加油添醋地转告给老陈听。

"妳说小舫把一个男的带到这里来？"他惊讶问道。

"是的，那人是个歌手，穿着带铆钉的皮夹克，还留着爆炸头，一看就很不正经。还有，他俩在一楼的客房内鬼鬼祟祟的，一待就是一个多小时，你若不信，新来的许阿姨可以做证。"

刘梦菲把玉树临风的王翰东形容得像个痞子或混混，反倒让陈先生起疑，因为印象中的章小舫不像会与那样的人有交集。

"让我核实过后再说吧！"他答。

"行，那你走吧！把门带上。"

刘梦菲说完，翻身过去，裸露的后背线条看起来很迷人，陈先生忍不住爬上床。

"这次我会很小心的。"他在刘梦菲的耳边低语着。

第三十章 / 初生龃龉

电梯门一开，陈先生就听到叮叮咚咚的钢琴声，越近家门，声音越清晰。

"先生，你回来了。"胡阿姨开门后说，同时接过公事包。

"是小舫在弹琴吗？"陈先生问。

"可不是，已经弹了一晚上了，真是太阳打西边出来。"

话说章小舫从小就接触钢琴，证书也拿到了十级，可是上了高中之后便很少弹了，如今琴声再现，很是蹊跷。

陈先生站在房外，直到琴声停下后才敲门进入。

"弹的什么？"陈先生问。

"Miss Zhang。"

"什么？"

章小舫浅笑过后，解释这是朋友创作的一首曲子。

"跟妳以前弹的完全不一样。"陈先生说。

"当然不一样，这是一首摇滚乐，有歌词的，想听吗？"

"好。"

于是章小舫边弹边唱，非常投入，可是陈先生却越听越不是滋味，显然，这是那个混混写给小舫的情歌，而且一点儿也不避嫌，连歌名《Miss Zhang》都赤条条地透露出创作者的意图。

一曲罢了，陈先生给了稀稀落落的掌声，连章小舫都听出当中的敷衍。

"我唱得不好。"她说。

"跟唱功无关，而是曲子不好，充其量只能算是靡靡之音。"

因为这个评价，章小舫花了数分钟为创作者辩解。

"看来妳跟这个作曲人很熟，何不介绍一下？"陈先生说。

章小舫没多想，开始描述起这个人——王翰东，温文尔雅、有才气、舞台爆发力强，假以时日必是乐坛上的新星……

陈先生心想舞台爆发力强的人怎么可能温文尔雅？果然小女生的想法与众不同！

"你俩认识多久了？"他进一步问。

"嗯……"章小舫想了想，"服装展时第一次见面，距今应该有一个多月了吧？！对了，他老婆还约你见面，你总说忙。"

陈先生赫然想起，的确有这么回事，现在终于能对上号了。

"原来这人有老婆，妳得小心点儿。"他说。

"小心什么？"

"小心别跟他走得太近，譬如让一个认识不到两个月的人进到金色花园的家里，这就很不智，妳并不清楚他是人是鬼。"

章小舫电光一闪，Uncle怎会知道王翰东的动向？显然八卦的人不是学姐就是新来的阿姨，不管哪个，都让章小舫很是不悦，说话也就没那么客气了。

"他当然是人，只有不是人的人才会怀疑别人居心不良。"

章小舫剑指的当然是学姐或许阿姨，可是陈先生却对号入座了。

"听着，妳不许再跟那个有妇之夫见面，这是命令，除非……"

"除非什么？"

陈先生欲言又止，最后还是将怒气压下，表示时间晚了，明天再说。

次日，陈先生原本想糊弄过去，假装什么事都没发生过，岂料章小舫哪壶不开提哪壶，不仅旧话重提，还义正辞严地表示自己有交朋友的权利和自由，何况王翰东是个好人。

"好人会写在额头上吗？我都不确定自己是不是好人，妳倒是替一个认识没多久的人背书。"陈先生没好气地说。

"现在的你的确不是好人，我印象中的Uncle不是这样的。"

陈先生自认待小舫不薄，甚至比对亲生儿子还要好，如今这个"捧在手里怕摔了，含在口里怕化了"的宝贝儿却认为自己不是好人，杀人诛心也不过尔尔。

"够了！"陈先生拍桌站起，"妳如果觉得待在这里受委屈了，大可离开，我不在乎！"

说完气话，陈先生火速回房，留下错愕不已的章小舫。

闻声赶来的胡阿姨不明所以，问出了什么事？

老实说，章小舫也不明白今晨的Uncle为什么火药味十足？她不过是就事论事，怎么就捅了马蜂窝？偏偏还有人不识相，自然成了发泄对象。

"胡阿姨，请端正一下自己的言行，这是一个下人该管的事吗？"她推桌站起，"我不吃了，妳收拾一下吧！"

话一答完，章小舫回到房间，此时也只有绘图能让她平复心情，再说，她已经答应凌姐这周末给初稿，时间有限，她得加紧赶工了。

第三十一章/雨过天晴？

被伤透心的陈先生，转身就找刘梦菲诉苦去。

"我不明白，我对她那样好，她却如此待我，我感觉真心都喂了狗！"陈先生像个受尽委屈的小男孩，边说边替自己感到不值。

"你呀！早该有人泼你冷水了。按你说的，章小舫打小吃你的、穿你的、用你的，说到底，她不过是只趴在你身上吸血的寄生虫而已，如今露出真面目，你应该额手称庆才是。"

听到有人批评他的心头肉，陈先生反倒开始替章小舫说话，这让刘梦菲大为光火。

"我看你是不见棺材不掉泪，得，既然她那么好，你何不回家去？找我干啥？"

见刘梦菲真动了气，陈先生只好又赶着安抚人。

"别只会动动嘴皮子，我要的是一个态度，说！我能不能搬到市区与你同住？"

陈先生语塞了，因为他还不想改变现状（纵使章小舫已伤透了他的心）。

"我看这事还得从长计议，"陈先生离开刘梦菲的怀抱，同时正襟危坐，"非必要，我不想与小舫撕破脸。"

刘梦菲没料到老头子对章小舫用情至深，即使她使出浑身解数搞破坏，依然无法撼动对方的地位。

"行，我不逼你，哪天你想通了再来接我过去住吧！"她说。

对于刘梦菲来说，住得远才自由，"搬到市区"不过是为了正名兼打击章小舫，既然老头子不愿意，她也乐得过上几天逍遥自在的日子，然而陈先生却有不一样的解读，他认为刘梦菲不吵不闹，是明事理的表现，当然不能薄待，遂承诺过几天会给对方一张副卡，让她想买什么就买什么。

此话一出，刘梦菲喜形于色，忙问副卡的消费额度是多少？

"每月十万元，和小舫一样。"陈先生答。

起初，刘梦菲还觉得十万元不坏，但一听说与章小舫的待遇一样，立马就不高兴了。

"妳怎么好像不开心的样子？"陈先生问。

"我是不开心，你也不想想我肚里还有一个，两个人和一个人的用度怎能一样呢？何况章小舫还与陈家毫无血缘关系。"

陈先生想想也对，遂又加了十万，岂料这个举动不仅没替自己加分，反倒养大对方的胃口（刘梦菲心想这么轻易就碾压章小舫，未来肯定指日可待）。

反观章小舫，自从今晨与Uncle发生不愉快后，她一心想求和，好不容易终于把人给盼回来了。

"Uncle，你回来了。"章小舫走上前去，同时接过公事包，"累了吧？！"

"是累了。"他答，"妳一天都做了啥？"

"早上画了设计稿，下午到学校上课。"

"好，很好。"

话匣子一打开，两人又回到和睦的从前，谁也没再提不愉快的事（不说，矛盾就不存在了，不是吗？）。

晚餐桌上，这对不是亲人却胜似亲人的"父女"像往常一样话家常，笑声连连，陈先生不禁心生感慨——还好没让刘梦菲搬进来，否则哪能享受到这幸福时光？

"Uncle，你怎么忽然不说话？在想什么？"章小舫问。

陈先生大梦初醒，解释道："我忽然想起妳学姐，她老待在金色花园也不是办法。"

"的确，帮人也得有个限度，如果你不方便开口，就由我来说吧！"

"不不不，是我让她住进去的，还是由我来说。"

陈先生忽然提到刘梦菲并非偶然，为的是提早替"消失的她"埋伏笔，可是在章小舫听来却有不合理之处——既然Uncle已决定亲自赶人，何必说上一嘴？

还好章小舫是个心思简单的人，既然学姐即将搬离且无需她插手，这是好事，她乐得作壁上观

"Uncle，你打算什么时候对学姐说？"章小舫问。

"这个周末。"

听闻，章小舫的心喀噔了一下，这周末凌姐约她见面，地点也在同一小区，自己该不该将此事报告Uncle呢？

想到Uncle对王翰东有成见，章小舫决定还是不说为宜，何况她见的是凌姐，不是王哥哥。

"小舫，妳怎么忽然不说话？在想什么？"陈先生问。

"没什么。"章小舫将思绪抓回，"Uncle，我看你今晚的胃口不错，还需添碗饭吗？"

"也好。"

于是章小舫唤来胡阿姨。

第三十二章/一波未平，一波又起

为了维持现状，陈先生已做好"牺牲"刘梦菲的打算（将她送往美国待产），岂料意外发生了——驾驶中的他看见章小舫站在路边与一名男士谈笑风生。

"小舫，妳在哪儿？"陈先生边开车边打手机核实。

"我……和朋友一起。"她答。

"哪个朋友？"

"朋友就是朋友，你别管了！"

"我是妳的监护人，怎能不管？"

"那是从前，现在我已成年，你不再是我的监护人，我有交朋友的权利。"

如果数天前的龃龉算是割开陈先生身上的一道小口子，那么当下的"划清界线"无疑让小口子变成了大口子，陈先生可谓鲜血直流、痛彻心扉！

"怎么了？你的脸色看起来很不好。"刘梦菲一见面就问。

被心爱的章小舫"嫌弃"后，眼前人的一句问候像一双温暖的手，轻轻抚过陈先生那千疮百孔的心。

"菲，妳爱我吗？"他问。

"这是什么烂问题？"她睨了他一眼，"都老夫老妻了，还问爱不爱？切，我不爱你爱谁？"

"那么现在就表现出来。"

"表现？现在？你到底在说什么？"

事后，刘梦菲感觉自己被性侵了，好好一个星期六早上就这么被破坏掉，她气不打一处来。

"对不起，妳还怀着孕，我却……我真他妈的不是人！"陈先生懊恼不已地说。

刘梦菲心想这糟老头真坏，但从嘴巴里说出来的却是——讲什么傻话？好花还需雨水浇灌，而你就是我的即时雨。

可能连刘梦菲做梦都想不到这段"言不由衷"的甜言蜜语竟成了临门一脚，让陈先生从此对她死心塌地。幸运的还不止此，她撒下的弥天大谎（怀上龙种）也在同一天成真，因为此时数以千万计的小蝌蚪正奋力向她的子宫奔去………

视线回到章小舫，她刚挂断手机，王姨便问她是谁打来的？

"我Uncle。"她答。

"那妳还这么凶？"

"凶？有吗？我不这么认为。对了，怎么你今天人模人样的？看起来像个男人。"

"哎呀呀！说的什么话？我本来就是男人，只是多数时候做中性打扮。"

"那么你今日为何不做中性打扮？"

"还不是因为我哥，他让我在父亲忌日时'正经'一回。"

章小舫没料到今日竟是凌姐公公的忌日，不免犯起嘀咕：" 怎么凌姐还约我今天看设计稿？"

"放心，"王姨答，"上坟是下午的事，看设计稿的时间还是有的。"

听完，章小舫松了一口气，接着提议一同回金色花园。

"好，等我把手里的咖啡喝完。"王姨答。

第三十三章/出乎意料

从王家归来后，章小舫尚不知一切已物是人非，所以当见到胡阿姨在收拾行李时，竟问了一个后来连她自己都觉得好笑的问题："胡阿姨，妳收拾行李是为了逃难吗？"

"是啊！不止我逃难，还包括妳呢！"胡阿姨不急不徐地答。

"我？开什么玩笑？"

"不开玩笑，陈先生说晚饭开始前，妳和我都得搬到新家去，好空出位置让女主人和她的阿姨搬进来。"

章小舫迷糊了，哪来的女主人？再说，如此重大的事，怎么Uncle不直接告诉她，而是由下人传达？

"不行，我得打电话问个清楚。"章小舫说。

事实证明此举乃自取其辱，因为陈先生不仅在电话中大方承认自己与刘梦菲的私情，还扬言对章小舫的资助只到大学毕业为止，接下来她就得靠自己了。

"为什么？"她问。

"没有为什么，天下无不散的宴席，从今往后，我只会对家人负责。"

"家人？你指的是……"

"我指的是刘梦菲和她肚里的孩子。实话告诉妳，我已预约了后天早上领结婚证，就差通知我儿子了。"

听完，章小舫用力眨了眨眼，想确认自己没做梦。

"妳还有事吗？没事我挂了。"陈先生冷冷地说。

"有。"章小舫很快地答，"胡阿姨说你让我们搬家，这是搬到哪儿去？还有，你说会资助我到大学毕业，这包括房租、学费和生活费吗？会不会连我的零用钱也停了？"

陈先生答在他想出更好的地点前，她和胡阿姨就暂且住进金色花园，至于其他，依然照旧。

章小舫觉得可笑，被扫地出门又怎可能"照旧"呢？

"好，我搬，现在就搬，如果这是你想要的。"

章小舫以为这么说，Uncle就会感到内疚，接着承认方才不过是置气而已（起因是她今早出言不逊）。然而事情的发展并没有按她的设想来，陈先生不仅毫无歉意，甚至表示如果东西无法一次性搬完，日后还可叫闪送服务。

此番表态让章小舫大呼不妙，但她强迫自己冷静下来。

"妳还有事吗？没事我挂了。"陈先生又说。

"我没事了，祝你和新娘子百年好合、永远幸福美满！"

陈先生愣了一下才答了声谢谢，接着挂断手机。

这不是章小舫想要的，但什么才是她想要的？她一时也说不清，不过有件事倒是板上钉钉，那就是她的靠山就要靠不住了，她极需另一双有力的臂膀，不仅接住她，还得将她高高举起，好让她住进高空楼阁里，不染世间一切尘埃……

那么得偿所愿的刘梦菲又是怎么想的？一开始，她并不满意老头子的安排（凭什么失宠后的章小舫依然得到照顾？包括住进金色花园且不用担心毕业前的经济问题），但转念一想，既然章小舫的男友也住在同一小区，难保血气方刚的两人不会出乱子，她正好借机棒打鸳鸯，来个釜底抽薪，这才是解恨的正确打开方式！

想至此，刘梦菲邪恶地笑了。

第三十四章/养老鼠咬布袋

只一个礼拜的工夫，章小舫便接受"Uncle的爱已给了别人"的事实，虽然残酷，但没想象中难消化，因为在这一个礼拜内她又要上课，又要制作凌姐的衣裳，忙碌的生活多少转移了注意力，可是偶然想起，她还是会难受到想掉眼泪。每当这时候，她便弹琴（别墅内恰好有一架三角钢琴），那些灵动的音符陪伴和治愈了她那不期而至的忧伤与哀愁……

这一天，当她正弹奏《Theme From Love Story》时，听见"扣扣"两声。章小舫充耳不闻，直至一曲罢了，她才允许胡阿姨开门进入。

"什么事？"她问。

"有位王先生想见妳，他说他是妳的朋友，也住在这个小区。"

话甫歇，章小舫立即知道来者是谁。

"请他到客厅坐，我马上下楼。"她答。

说是马上下楼，章小舫还是磨磨蹭蹭了近40分钟，因为还得给头发做造型，衣服也得换。

"嗨！"打扮完毕的章小舫站在二楼跟客人打招呼。

王翰东看直了眼，一起身，差点儿打翻茶几上的果汁。

"小心！"她边下楼边说，"地上铺的是波斯地毯，可难洗了。"

"对不起，对不起，失礼了，失礼了。"

王翰东的慌张让章小舫忍不住噗嗤一笑，接着问："怎么你今天有点儿不一样？看起来很紧张的样子。"

王翰东是紧张，本来因听到琴声就贸然上门已让他神经紧绷，再看到章小舫那无懈可击的笑容和宛若出水芙蓉般的身影，他不毛发为竖才怪！

"嗯！有点儿，因为见到妳。"他答。

"见到我？这有什么好紧张的？"

"因为……因为每次见面妳都能给我带来惊喜，像开盲盒一样。"

章小舫有点儿懵了，不明白这是什么状况？

她边坐下边整理思绪，最后决定转移话题，问是不是凌姐让他上门察看衣服的制作进度？

"不，跟衣服无关，是我自己。"他停顿了一下，"今日行经这里，忽闻琴声，我猜是妳弹的，所以碰碰运气。"

"的确是我弹的，其实你也无需碰运气，因为大学毕业前，我都会住在这里。"

"这是怎么回事？"

章小舫正愁无人可倾诉，加上王翰东也见过刘梦菲，索性把新近发生的事全一股脑儿地说给他听。

"妳一定很难过。"王翰东说。

"嗯！难过肯定有，我感觉自己被抛弃了，像个孤儿似的。"

"别怕，"他握了一下她的手，"妳还有我，我会坚定地站在妳这边。"

这突发的"肌肤之亲"让两人同时产生了微妙的化学反应，章小舫没恋爱过，只觉得那股电流很新奇，但王翰东已是这方面的老手，他知道自己爱上了这个比他小十几岁的年轻女孩……

"咳咳、"王翰东用力咳嗽两声兼松手，好掩饰自己的慌乱，"妳不是答应弹琴给我听吗？择日不如撞日，我看就今天吧！"

"现在？"

"如果方便的话。"

对章小舫来说，弹琴就像吃家常便饭一样自然，无所谓方便或不方便，于是两人联袂上楼。这一幕恰好被胡阿姨给瞧见了，她匆忙拨打刘梦菲的手机号。

"他们上楼干啥？"刘梦菲问。

"不知道……等等，我听到琴声了，应该是章小姐弹琴给那位先生听。"

"妳多留点儿心，只要这两人有任何不轨行为，妳立即拍照存证。"

"拍照？"胡阿姨扬起声，"这我哪敢啊？我还想保住工作呢！"

"放心，只要妳能提供有力的证据，我会给妳20万块。拿上这笔钱，妳再换个城市工作不香吗？谁还认得出妳来？"

算一算，胡阿姨已在陈家做牛做马了十多年，甚至比章小舫入住这个家的时间还要长。按理说，这样的人不应该"背叛"曾是家庭成员之一的章小舫才是，无奈她唯一的儿子要娶亲，女方既要房，还要28万8的彩礼钱，她张罗不出来，正发愁时，刘梦菲伸来橄榄枝，答应每月多给她1000元，只要她报告章小舫的"可疑"行踪即可。在金钱的诱惑下，胡阿姨答应当内鬼，如今刘梦菲又应允更多，她心想只要收下这20万块，再跟亲戚朋友借点儿，应该就能走出困境……

"好，只要他俩上床，我会尽力给妳想要的证据。"胡阿姨答。

第三十五章/像雾像雨又像风

章小舫选择的第一首钢琴曲是电影《爱乐之城》的插曲《Mia & Sebastian's Theme》，节奏慢中带快，曲风既悲伤又有欢喜。

王翰东越听越激动，心想这样的人才岂能错过？

"Encore." 一曲罢了，他边大力鼓掌边赞赏着。

章小舫起立，做了个屈膝礼后，紧接着又弹下一首。

就在王翰东第6次高喊Encore时，章小舫说她不行了，得休息一下。

"抱歉，是我太不体贴了，妳的确应该休息。"他停顿了一下，"在我们离开琴室前，我能问妳一件事吗？"

"可以，你问。"

"我想组一支摇滚乐队，由妳担任键盘手，我负责吉他主唱，其他如贝斯手和鼓手，我们另外再找，妳怎么想？"

"我？键盘手？"章小舫很是惊诧，"我行吗？"

王翰东答太行了，以她的功力完全没问题，只不过如果能弹键盘吉他就更好了，因为舞台的表现力会更佳。

章小舫听过"键盘吉他"，据说这是"钢琴+吉他"的一体机，自带伴奏功能，能达到"一个人就是一支乐队"的效果。

"可是我没接触过这种乐器。"她坦言。

"没接触过没关系，可以学啊！"他答。

闻言，章小舫两眼发光，但只一会儿的工夫，她眼里的光便不见了。

"怎么了？"王翰东问。

"没什么，"她盖上琴盖，接着站起，"我希望自己是条八爪鱼，有8只手，那么就能同时做很多事了。"

"如果妳指的是替我老婆制作衣服这件事，那妳多虑了，因为已经快完成了，不是吗？等完成了，妳就有时间了。"

"你忘了我还得为毕业展的四套衣服忙活。"

"哪四套？"

章小舫回答商务装、休闲服、运动服和晚礼服。

"那不正好？"王翰东释然了，"等晚宴结束后，我让雅雅妥善保存晚礼服，妳什么时候想交作业就过来取，这不就省下1/4的时间了吗？"

章小舫表示理论上可行，但走秀模特儿的身材未必与凌姐一致。换言之，衣服还得改，这对买家来说很不公平，谁会愿意自己的衣服被修修改改？

"嗯！那倒也是。"王翰东思考了一下，"看来只能从其他地方下手，好比由我负责送妳上下学，如此一来，既省下等车时间，同时也更加安全。"

说到章小舫的出行方式，无非三种，一是由庞司机护送，二是Uncle亲自开车接送，三是叫网约车。如今大势已去，她只能采第三种，加上金色花园的地理位置偏了点儿，等车等上半小时也是有的。

"好是好，只是太麻烦你了。"她说。

"不麻烦，何况这是交易，我护送妳，而妳要在最短的时间内学会键盘吉他。别担心，我会指导妳，直到妳熟悉了为止。"

虽然章小舫并不排斥学习另一种乐器，但这种被"赶鸭子上架"的方式并不令她愉悦，而在王翰东看来，自己若不"勉强"对方，恐怕就要错失良机，因为他总不能天天"变着花样"上门，傻子才那么做！

无论如何，此提议总算是被章小舫认可了，这也意味着王翰东从此可以"名正言顺"地与她见面。虽然这位已届不惑之年的男人一开始就动机不纯，但他有色心无色胆，顶多只能算是抓住青春的尾巴，让自己再"年轻"一回，谁成想随着两人的接触多了，事情也开始往不可控的方向走去……

"这是和旋键，"王翰东握住章小舫的左手移向键盘吉他的握把部位，"总共有11个。"

"这个你教过了。"她小声地答。

王翰东充耳不闻，继续移动她的纤纤玉手至某个位置，说："这是滑音键，按照音阶的走向，可分为上滑音、下滑音和回旋式滑音。"

"这个我也已经知道了，我看你还是让我自己摸索吧！"

章小舫之所以"抗拒"，乃因自己的内心已开始小鹿乱撞，但王翰东并没有依了她，反而将"碍手碍脚"的键盘吉他放在钢琴椅上，接着低头闻她的脖子……

"你在干嘛？"章小舫问。

"想知道妳用的是什么牌子的香水，好香啊！"

"是MARC JACOBS的清甜雏菊淡香水。"

王翰东根本不关心答案，他开始移动位置，两人的唇只有10厘米的距离。

"你在干嘛？"她又问。

"想知道妳的唇膏是什么味道？"

"没有味道。"

"我不信。"

"你不信，我也没办法。"

"我想亲自验证一下。"

"如何验证？"

于是他吻了她，一点一滴地把她的唇膏吃进去。

"有味道吗？"她问。

"有，蜜桃味。"

"胡说！我用的是无香精。"

"我说的是妳，妳就是一颗大蜜桃，好鲜、好香、好好吃……"

在遇到章小舫之前，王翰东何曾想过自己也会说出如此肉麻的话来？然而此时此刻，调情却成了水到渠成的事。

"别说了，"章小舫后退一步，"再说我要生气了。"

"妳生气啊！"王翰东上前一步，"我好想看妳生气的样子。"

章小舫接下来还真的勃然大怒，但不是针对王翰东，而是……

"胡阿姨，"章小舫横眉怒目，"没我的允许，妳怎么擅自开门进来？"

"对……对不起，因为房内忽然没了琴声，我怕出事。"她答。

"能出什么事？再说，妳好歹也敲个门，就这么忽然闯入，成何体统？"

"对不起。"

"行了，出去吧！把门带上。"

因为这个突发事件，好不容易营造出来的暧昧氛围立即消失得无影无踪，这对"师生"只得重拾乐器上课，殊不知就在这个 moment，有个女人怒目圆睁，连杀人的心都有……

第三十六章/说者无意，听者有心

一个多礼拜前，凌佩雅穿上章小舫精心设计与制作的衣裳参加生物医药企业家晚宴。席间，所有人都赞美她像个花仙子，也难怪，她身上那件抹胸鱼尾裙上有几株若隐若现的风信子，仔细一瞧，还有数只黄色小蜜蜂穿梭其间……

面对好评，凌佩雅心不在焉地虚应着，眼睛则四处张望。

"找啥呢？"手里拿着鸡尾酒的马总问她。

"找我老公，你看到没？"

"不久前我跟他寒暄过，也许他上洗手间了。"

"找过了，没有。"

掐指一算，王翰东只在入场时露过脸，接下来皆呈失联状态。为此，凌佩雅心神不宁了良久，正琢磨该不该报警时，她老公出现了。

"你上哪儿去了？"她暴跳如雷地质问，"手机不接、短信不回，你当我死了吗？"

王翰东将盛怒中的老婆拉至会场外，解释："吴院长找我喝茶，我能不去吗？妳知道我已经盯这条线盯很久了。"

此话一出，凌佩雅的怒气消失大半，但仍死鸭子嘴硬。

"你大可跟我说啊！这样无缘无故消失，你知道我有多担心吗？"她答。

"哎！我还不是怕扫了妳的兴。再说，这种场合根本就不属于我，有我没我都一样。"

"纵使你有再多理由，但也不能关机啊！"

"没电了嘛！"

正常情况下，这类小事会像生活中的其他琐事一样，很快被抛诸脑后，然而一个意外发现却打破了这条定律，让凌佩雅闻到了一丝不寻常的味道……

"你的手机还有40%的电量。"凌佩雅边上床边把手机递过去。

"谢谢！"王翰东接过手机后答。

见老公没有解释的打算，她旧话重提，只是这次直指问题核心，不让对方有任何逃遁的机会。

"妳忘了车上有充电器？"他答。

"既然充上了，为什么不打个电话或回个信息给我？"她锲而不舍地追问。

"我开车哪！这么做多危险！"

听起来不无道理，但凌佩雅就是感觉有事不对劲，结果一个礼拜过后便坐实了她的第六感——吴院长亲口证实那夜并未找王翰东喝茶。

这个口子一被切开，近日生活中的种种怪异现象也一一浮出水面，好比清晨6点半，她那个四体不勤的老公便出门打高尔夫，理由是健身兼身材管理，还有还有，傍晚时分经常不见人影，一问起，总是见客户，可是订单却没有因此增加，而最离谱的事莫过于这个慵懒成性的男人某日"忽然"觉得饭后散步消食是必须的，并且剑及履及，每晚都付之行动。

种种迹象显示王翰东已不同于以往。

为了验证自己是不是想多了，今晚，凌佩雅趁着老公又外出散步，她即刻跟上，当目睹枕边人走进那栋屋子时，她杀人的心都有。

"王翰东啊王翰东，你这是在向老天爷借胆，看我待会儿怎么收拾你！"凌佩雅愤恨地想着。

一个多小时后，王翰东终于步出陈宅，当看到自己的老婆就立在跟前时，他吓得魂都没了。

"呵！原来你散步散到这儿来了。"凌佩雅的声音带着杀气，"我来问问章小舫到底施了什么魔法，以致于你日日乐不思蜀。"

"别别别，我的好老婆。"他将凌佩雅往反方向推去，"咱们回家，回家后要我怎样都行，求妳了。"

王翰东的主动讨饶并没有为自己谋得生路，反而落实了奸情，而出轨一经"实锤"，凌佩雅当然怒不可遏，什么难听骂什么，周边邻居纷纷探出头来，喜欢看热闹的更是亲临现场。

此时，尚不知大难临头的章小舫也听到屋外有动静，遂从二楼阳台往下俯瞰，当看到凌姐像个疯婆子一样骂街，而王哥哥拼命阻拦时，她喊来胡阿姨，问这是怎么回事？

"人家老婆找上门来了，说妳偷人。"

"偷人？偷了谁？"

"还能是谁？当然是王先生啰！"

章小舫心头一紧，她没料到自己刚对王哥哥心生情愫就被发现，这速度也太快了吧？！

"现在怎么办？"她问。

本来胡阿姨还以为王太太故意找茬，章小舫的一句"现在怎么办？"让事情反转了（原来小主真的与人睡上了），看来自己太后知后觉了。

"妳别出去，我来通知人。"胡阿姨答。

章小舫以为胡阿姨会报警（好让闹事的人离开），结果警察没来，Uncle倒是来了，一番好说歹说下，成功让凌佩雅与她的丈夫回家去，而围观群众见没热闹可看，也跟着一一散去。

解决了立即的麻烦后，陈先生面色铁青地进屋去，当看见章小舫时，立即质问这是怎么回事？

"事实上，我也不是很清楚。"她答。

"人家老婆都上门了，妳还说不清楚，这合理吗？"

"是不合理，但我是认真的，王哥哥教我弹键盘吉他，如此而已，胡阿姨可作证。"

自认"事不关己"的胡阿姨没料到会被章小舫点名到，此时此刻，她也只能模棱两可地答了声："嗯！"

话说陈先生与章小舫已朝夕相处了十多年，认识不可谓不长，他很清楚这孩子虽娇生惯养，但本性是善良的，所以在小舫表明自己是无辜的之后，叮咛了几句便离开。

待四周皆安静下来，此时的章小舫无疑是消沉的，所以当胡阿姨问她要不要吃点儿宵夜时，她果断地答："不了，妳可以休息去。"

这正中胡阿姨的下怀，因为她正打算向"金主"打小报告。

"什么？出了那么大一件事，我却是最后一个知道，妳是怎么办事的？"刘梦菲对着手机大吼。

"原本我先通知的是妳，但妳关机了，我才打给陈先生。"胡阿姨解释。

此话一出，刘梦菲赫然想起今晚的孕妇瑜伽课程，胡阿姨兴许就是那个时候打来的。

"行了行了，最后结果怎样？"她问。

"那对夫妻走了，陈先生在说了章小姐几句后，也离开了。"

本来刘梦菲听说章小舫的"男友"是个有妇之夫，正庆幸事情不会善了时，结局却是匆忙落幕，不禁喃喃道："难道真是个误会？"

"不是误会，"胡阿姨斩钉截铁地答，"章小姐已经承认自己与王先生有不伦之恋。"

"如果真是那样，老陈又怎会善罢甘休？"

"因为章小姐在陈先生面前又是另一番说辞。"

这个答案无疑给了刘梦菲莫大的底气，她等不及要在老公面前将那个说谎精撕个粉碎！

第三十七章/离开伤心地

陈先生答应核实过后会给凌佩雅一个交代，于是她偃兵息战，但这不等同放弃追究身边的"嫌疑人"。

"雅雅，我错了，我不该欺骗妳，下不为例。"王翰东无比真诚地说。

"你欺骗了我什么？"她问。

"欺骗了……妳知道的。"

"我不知道！"

闻言，王翰东感觉脊背发凉但脸颊却热得发烫，想必"冰火两重天"就是这种滋味吧？！

"你倒是说啊！"凌佩雅再次催促，"和那个小女生发展到什么程度了？"

"我们只是师生关系，我教她乐器，如此而已。"

王翰东不说则已，一说，点燃了凌佩雅内心的火药桶，她起身不住地来回踱步，把王翰东搞得六神无主，脸上的血色也一点一滴地消失了……

"听好了，"凌佩雅忽然止步，"如果到了这个节骨眼，你还想跟我打马虎眼，那是找死，明白不？"

"明白。"王翰东像个孙子似地答，"我……我曾摸过她的手，两人还……还接了吻。"

"还有呢？"她问。

"没有了，我可以对天发誓，若有不实，必遭天打雷劈。"

见老公的样子不像有假，凌佩雅多少感到心安，但这不代表她不生气，哪怕只是精神出轨，在她看来也是不可原谅，何况那两人还牵了手、接了吻……

"这只是你的片面之词，"凌佩雅故作镇定，"我还得听听那个婊子怎么说。"

意识到老婆口中的"婊子"正是章小舫后，王翰东脸色大变。

"怎么，不愿意？"她问。

"不是不愿意，而是既然她Uncle答应给妳一个交代，妳何不等一等？"

"我等不了了，你如果现在不打电话，明天我就上她的学校闹去，看她还有没有脸混下去！"

王翰东知道自己的老婆性子急，还真有可能做出"鱼死网破"的事情来。为了顾全大局，他只能硬着头皮打电话，同时按老婆的要求，开了免提，好让她也能听到谈话内容。

已经在床上辗转反侧许久的章小舫，发现王翰东来电后，心情很是复杂，在接与不接之间犹豫，最后还是接听了。

"小舫，是我，睡了吗？"

"没，睡不着。"

"既然这样，我们谈会儿。"

"好。"

"听着，我很抱歉今日发生的一切，如果有错，那一定是我，请原谅！"

"快别这么说。"

"我们……我们不要再见面了。"

本来章小舫准备了一肚子的话要跟王哥哥倾诉，听到自己已被对方列入黑名单后，她忽然来气，质问："所以你打算撩完就走？"

"我说了，我很抱歉。"

"一句抱歉就将一切抹去，你当我是玩具？"

"对不起，如果时光能倒流，我一定不撩妳。"王翰东看了老婆一眼，接着像下了某种决心，"我离不开我老婆，真的，所以只能辜负妳了。"

这段"告白"无异给了一向自视甚高的章小舫一巴掌，好个明哲保身啊！

"回答我，当初你说想组一支摇滚乐队，究竟是真的还是借口撩我？"

这让王翰东如何回答？组一支摇滚乐队一直是他的梦想，至于是不是借机与章小舫靠近……那是不能说的秘密。

"我是真的想组一支摇滚乐队，"他答，"如果我的举止冒犯了妳，那全是我的错，我只能再三抱歉了！"

至此，章小舫终于看清这个男人的本质——敢做不敢当，妥妥的利己主义者。

"行，就这样了，从此你走你的路，我过我的桥，再见也别打招呼，就当彼此不认识。"她冷漠地答。

然而一挂断手机，章小舫便破防了，哭得上气不接下气。她没料到自己第一次对男人动了心，却是这个下场，杀人诛心也不过尔尔。

另一边，被迫当了"负心汉"的王翰东，此时精神萎靡地问老婆："现在妳满意了吧？"

"满意？呵！开什么玩笑？被枕边人背叛，我怎么可能满意？只能说这个小女生够聪明，拿得起放得下，没固执地一条道儿走到黑。"

话说章小舫的决绝恰恰是王翰东的心头痛，虽然"分手"是他提出的，但她并没有试图挽回，这也说明他俩之间的感情还不够牢固，所以她可以爽快地转身而去，不带一丝犹豫……

视线回到陈家，陈先生一踏进屋内，刘梦菲就忙不迭地告起状来。

"不，不是这样的。"他立即否认，"那男人教小舫弹乐器，如此而已。"

"你也太单纯了！做贼的会承认自己是贼吗？何况我有人证。"

"人证？谁？"

"胡阿姨。"

陈先生记得胡阿姨曾作证小舫与王先生只是师生关系，怎么这会儿又倒戈了？

见老公不信，刘梦菲早有准备，放出不久前与胡阿姨的通话录音。

陈先生听完后，大表震惊，他没想到小舫已变成他不认识的样子，不仅行为不检，还能面不改色地向他撒谎。

"你也别太难过了，"刘梦菲扶他坐下，"既然她不义，你又何必仁慈？"

"什么意思？"

"章小舫能毫无羞愧地跟你撒谎，再看看她的所做所为，这是正经人干得出来的事吗？留她等于留了个祸害，我看还是让她早点儿回到她父母的身边吧！"

虽然章小舫的确伤了陈先生的心，但他还是不想把事情做绝，坚持供养她至大学毕业，就像他原先承诺的那样。

此话一出，刘梦菲不再言语，但这不表示她就此罢休，而是启动了B计划。

几日过后，当章小舫觉得已不再那么心痛时，流言却像一把匕首，再次捅入她的旧伤口，顷刻间，血流一地……

"这儿是不能再待下去了。"她仰天长叹，"我终于体会到人言可畏的厉害，太可怕了！"

面对女儿的"回归"请求，章父章母当然敞开双手欢迎，于是章小舫以最快的速度办理离校手续，接着拎起两件匆忙打包完毕的行李箱直奔机场的售票柜台。

"飞纽约的最近航班只剩头等舱了。"柜员说。

"那就头等舱吧！"她递过去Uncle给的信用卡副卡，"票价有超过十万块吗？"

"有，十万零九百六十元。"

为此，章小舫动用了她的私房钱，总算将钱凑齐。

当章小舫在机场的VIP休息室喝着香槟时，落地窗外的一架飞机刚好离地起飞，她心想："上海飞纽约长达19个小时，还好买的是头等舱，能躺着睡，我可受不了经济舱，太虐了！"

此时的章小舫并不知道此次航行将是她23岁前的最后荣光，接下来的日子可有她受了！

第三十八章/今非昔比

章小舫还差半年就能拿到毕业证书，可是说什么也要辍学，这让她父母很是不解，后来还是从老陈口中得知缘由，原来是失恋惹的祸。

（注：陈先生并没有说出全部实情，可见他还是顾念章小舫。）

"看样子囡囡是想离开伤心地，这个可以理解，但……"

章太太欲言而止，章先生当然清楚老婆担心的是什么，但事已至此，瞒下去是不可能的。

知道老公不愿再瞒，章太太还想努力一把，因为她怕她的心肝宝贝接受不了。

"如果只是待个几天，那好办，砸锅卖铁也要把谎圆下去，问题是小舫提到想进纽约服装设计学院学习，那起码是好几年的事，我认为还是开诚布公要好一些，妳认为呢？"

章太太也知道老公说的是事实，但一想到囡囡失望的表情，她就痛苦地想死掉，遑论道出真相。

章先生其实也不愿当"坏人"，但在这个节骨眼上，他若不出面，谁出面？

"这样吧！"他答，"明天我去接机，同时负责让小舫清楚我们家里的现况。妳照常上下班，晚上我煮好吃的，咱们一家三口好好吃顿饭。"

"算了，还是到中国餐馆吃吧！"章太太答。

"妳又不是不知道现在的餐馆不比从前，小费给10%还会挨白眼。再说，小舫越快了解形势越好，毕竟接下来的日子长着呢！"

隔天，章先生乘坐地铁E线到Sutphin Blvd站，接着转乘AirTrain至约翰·肯尼迪机场，全程约一个小时，但等人就等了快2小时。

"小舫，小舫，"章先生大力挥手，"这里。"

章小舫也看到父亲了，她拖着行李箱小跑步过来。

"阿爸，"她投入父亲怀里，"想死你了！"

"好好好……"她父亲放开她，仔细打量，"长高了，头发也长了，还化了妆，这要迷死多少男人？"

"阿爸！"她睨了父亲一眼，"不带这么开玩笑的。"

"哈哈！我是认真的，谁不说我女儿美？"

"不谈了，妈呢？"

"她……有事不能来，我接妳也一样。"她父亲接过她的行李箱，"走！咱们回家去。"

章小舫以为他们要走向停车场，结果却是机场的捷运站。

"爸，你的库里南呢？"她问。

"没了，现在我和妳妈出行都靠走路或搭公共交通工具。"

"为什么？"

"为……为了支持环保。"

章小舫记得几年前父亲也曾说过自己坐地铁上下班是为了支持环保，如今连车子也卖了，看来是将环保进行到底！

好不容易父女俩终于挤进车厢，乘客们摩肩接踵，章小舫不知已被撞了多少回，可是撞人的人连声Sorry也没说。

"小舫，妳还好吗？"她父亲问。

"很好。"

章小舫嘴巴答好，其实一点儿也不好，因为车厢內不仅人潮汹涌，空气中还带着一股怪味，她寻思回家后一定要在浴缸里倒上半瓶的欧舒丹薰衣草泡泡浴液，接着边喝红酒边泡澡，把自己从头到脚都洗得香香的……

下了机场捷运后，父女俩紧接着坐上地铁，等出了地铁站，他们开始步行，四周虽有高楼大厦，但看起来灰扑扑的，偶尔还能见到红白条纹的工厂烟囱耸入云霄，与她印象中的纽约完全对不上号。

十几分钟后，章小舫站在一栋破旧大楼前大惑不解。

"爸，这是哪儿？你怎么带我来这里？"她问。

"这是我们的家。"她父亲抬头往上看，" 3楼，有白纱窗的那一个。"

"爸，你开什么玩笑？"

她父亲没理会她，自顾自地刷开楼下大门，接着提起行李箱步入。

章小舫踌躇了一会儿，还是跟上。

进屋后，章小舫再次被震撼到，因为屋子虽然收拾得很干净，但一眼望到底也是事实。

"小舫，"她父亲说，"我们这屋的租约还有半年，所以在这半年里只能委屈妳跟姆妈睡，等租约到期后，我们再租个大点儿的，这样就不拥挤了。"

"原来的房子呢？"章小舫问。

"其实那是我上司的，他和家人恰好要到欧洲度假，我便毛遂自荐地当起别墅的看管人。"

"你的意思是我们章家在纽约连个房子也没有，彻底沦为穷人了？"

章先生很想否认，但对比从前的确是穷，此时若说服女儿接受"比上不足，比下有余"的陈腔滥调，无疑更加难堪，倒不如大方承认。

"是的，所以我和妳妈正努力改变现状，妳要不要也加入？"他问。

章小舫张嘴，可是什么话都说不了。

"没关系，"她父亲体贴地说，"接受这个转变需要时间，妳何不先去洗个澡？我也该煮饭了。"

等章小舫从3平米不到的厕卫走出来，他父亲刚好把汤端上桌，说："这酸辣汤是妳妈从中餐馆买回来的，她说妳爱喝。"

"妈呢？"

"她说没脸见妳，跑到楼下抽烟去了。"

章小舫印象中的母亲从不抽烟（父亲倒是偶尔会抽），怎么来美国后就抽上了？

"我去找她。"章小舫说。

她父亲答好，但很快又叫住她。

"小舫，妳母亲每天早出晚归，加上生活压力大，容貌上有很大的变化，所以妳见到她时，可别哪壶不开提哪壶。"

"知道了。"

当章小舫来到楼底下时，凛冽的寒风让她忍不住打了个颤，心想得赶紧找到母亲，好回到温暖的屋內，可是放眼望去，不是老黑、老印，就是老墨、老菲，黄皮肤的只有一位老妇。

章小舫又寻找了一遍，最后才回到老妇身上，而老妇此刻也在看她。

"姆妈？"章小舫不确定地一问。

老妇扔下夹在手指间的烟，激动地向她跑来，边跑边喊着："囡囡，我的小心肝，想死姆妈了。"

那猛力的一抱让章小舫的泪水瞬间滚落下来，她真没想到那个出门总要花费心思打扮的母亲，如今会苍老如斯，岁月到底给了母亲什么？

"囡囡，"她母亲终于松开双手，"咦！妳怎么哭了？是不是我弄疼妳了？"

"没有，"她拭去眼泪，"外面太冷了，我被冻哭的。"

"那赶紧的，咱们进屋去。"

当楼下大门在身后关上时，章小舫知道不管她愿不愿意，这个家已"今非昔比"，她感到无助，却又无可奈何，而这才是第一天，她要如何面对接下来的每一天？

想至此，她茫然了。

第三十九章／承诺

虽然父亲让出床位来，但章小舫就是不依，宁愿蜷缩在沙发上。

这是她第一次体会到"一夜翻身无数回"的痛苦，好在多睡几晚后便适应了，除了次日醒来依旧腿麻外，基本没什么大问题。

"囡囡，工作找得怎样？"早餐桌上，她母亲关心地问。

"不太妙，我拿的是旅游签，正经公司是不会雇用这样的员工的。"章小舫边吃早餐边答。

"拿身份需要时间，我已经在办了。"他父亲说，"其实妳也不用忙着找工作，还是专心准备转学申请吧！"

章小舫原先的计划是转学至纽约服装设计学院，她的国内成绩应该能抵扣两年，也就是说从大三读起，可是当她看到高昂的学费后，原来的计划生变了。

"阿爸、姆妈，我才刚到美国，读书的事缓缓再说吧！对了，我今天打算到餐馆试试，也许有人会雇用黑工。"

闻言，章父章母立即反对，他们可舍不得自己的宝贝女儿被人呼来喝去。

章小舫表面答应，但其实已经做好打算（待会儿就借"熟悉纽约"的名义，行"找工作"之实），然而现实比她想象的还要残酷，竟然没有一家餐厅愿意雇用她，即便是最辛苦的油炸工作。

"咦！刚才那个小姑娘看着挺水灵的，怎么老板不要？"传菜员问收银员。

"换我，我也不要。"收银员冷哼一声，"打扮得像个富家千金，这么精致的人怎么受得了苦？大概不到半天的工夫就哭着找妈妈了。"

还好上述对话并没有传到章小舫的耳朵里，否则又是一记重重的打击。

由于今日找工"又"不顺利，一向拒绝负能量的章小舫决定 cheer herself up，而让自己快速复活的方式无非两种，一是美食，二是购物。鉴于已过了用餐时间，章小舫有些饿又不太饿，她决定先吃点儿轻食，于是搭地铁来到曼哈顿上东区的某个河景酒吧，边啖美食边欣赏哈德逊河的旖旎风光。

一个多小时后，账单送上，章小舫一看傻眼了，怎么吃个鱼子酱搭配榛子味马卡龙就要269美元？她可是连酒也没点啊！

然而当她检查完收费明细后，疑问消失了，原来那瓶 Orezza 气泡水就要126美元，加上高达30%的小费，这么简单的一餐的确要269美元。

换作从前，章小舫眼睛眨也不眨，直接付了，如今物换星移，她已不再是那个"消费从不看价格"的人，所以当下的处境很令她为难，因为她的口袋里只有稍早前父亲给的200美元，即使全付了，她也走不出餐厅。

正发愁时，章小舫忽然想到Uncle给的信用卡副卡，不出意外的话（只要Uncle没把卡注销），这个月她应该有相当于十万元人民币的消费额度。

虽然心里七上八下，但目前已无其他条路可走，她只能将卡交出。

当POS机传来交易成功的声音时，章小舫大松一口气，同时心生感激，原来Uncle还是眷顾她，并没有因为"人走"而"茶凉"。

走出餐厅后，她又利用Uncle的"爱心"替自己和姆妈购买了一些女性必用品。

"今天就这样了，明天再帮阿爸买。"章小舫心想。

当她步出最后一家服装店时，碰巧看到橱窗上贴着招学徒的广告。章小舫拍下广告后趸回店内，店员告诉她——那则广告是工作室贴的，他们店里的货有部分正来自这家工作室。

章小舫电光一闪，与其到学院啃书，倒不如跟着师傅学手艺，那才是实打实的真功夫，而且既不用付费，还有钱拿，岂不快哉？

想至此，章小舫全身上下充满活力，她几乎是跑着、跳着回家去，像个精力充沛的小女孩……

"囡囡，今天过得怎样？"晚餐桌上，她母亲关心地问。

"很好，我买了一些东西，待会儿给妳一个惊喜。"

听说有惊喜，她母亲哪肯等？当然打破砂锅问到底。

"其实也没什么，我帮妳买了衣服、化妆品和护肤品，妳明天可以美美地出门。"

"美？美给谁看呦！"她母亲忽然想起什么，"对了，妳怎么有钱买这些？"

章小舫一时哑口，如果父母知道她还使用Uncle给的钱会怎么想？

关键时刻，她父亲开口了，承认今早给了女儿200美元。

200美元说多不多，加上女儿初到美国，章太太也不好意思苛责。也就是说，章太太压根儿就没往"女儿一日之间就花掉两个月生活费"的方向想去。

隔天，章小舫帮母亲梳妆打扮。

"看！是不是好多了？"她说，"女人就要美美地出门，一整天的心情都会不一样。"

章太太看着镜中人，一时百感交集，眼眶忽然湿润起来。

"姆妈，妳怎么了？"章小舫慌了手脚地问。

"我……我不认识镜子里的人，囡囡，妳告诉我哪个才是真实的我？"

于是章小舫告诉母亲——镜中的贵妇正是她，她要相信自己很贵、很贵……

"我？很贵、很贵？"她母亲喃喃道。

"是的，千金难买。"

"呵！以前的确是贵，现在……"

"现在也是。"章小舫很快地答，"姆妈妳放心，我会让妳和阿爸重新过上好日子，只要给我一点儿时间。"

不讳言地说，章太太刚来美国时也曾有过憧憬，但经这几年的社会毒打，她已不再幻想，但女儿有心，她不能在这时候泼冷水。

"姆妈相信妳，妳可不能让我和妳阿爸等太久啊！"

"嗯！一言为定。"

送走盛装打扮的母亲后，章小舫紧接着对镜画额眉，因为她跟工作室约了上午11点见面，她得加快速度了。

第四十章/陪老人吃饭

面试章小舫的是一位风韵犹存的金发美女Jacqueline，她说她的工作室想找的是"全能型"学徒，既要有设计天赋，还要有动手能力，逢营销员忙不过来时，还能搭把手。

章小舫表示以自己的经历和不怯场的个性，应该没问题，她相信时间会证明她说的。

Jacqueline又翻看了一下章小舫过往的作品集，很是满意。

" Great. Do you have any other questions？ " 她问。

既然老板提起，章小舫也不客气，询问薪水多少？

" It depends. If you are good enough, I can pay you $2000 a month."

听说月薪只有2000美元，章小舫的心喀噔了一下，昨天的购物之旅就花掉三千多美元，等于一个月赚的还不够付她临时起意的"狂欢"。

大概瞧出章小舫的失望，Jacqueline强调2000美元是试用期的工资，等转正了，调薪是必然的，将来若升为设计师，那更是不可同日而语。

因为这个愿景，章小舫欣然接受了，接着询问何时上班？

Jacqueline答章小舫的个人基本信息和简历已收到，只要再提供社会保障号码，下礼拜一即可上岗。

闻言，章小舫仿佛被泼了一盆冷水，因为她并没有社会保障号码。

" Why don't you have a Social Security number？ " Jacqueline不解地问。

到了这个节骨眼，章小舫也只能诚实以告，同时强调父母皆是美国公民，依亲身份肯定能办下来，只是时间早晚的问题。

Jacqueline表示理解，但规定就是规定，她不想惹麻烦。

眼看到嘴的鸭子就这么飞了，章小舫虽失望，却不感意外，谁让她的确违反规定。

" Anyway, thank you for your time." 章小舫站起，" Have a good day."

" Wait." Jacqueline看着手机屏幕，这已是面试期间的第2次，" Do you mind having dinner with an old man？ "

" What？ " 章小舫惊讶问道。

原来Jacqueline的爸爸喊她今晚回家吃饭，平常她只要答不，她父亲便不再言语，但今日不知怎的，已经发了不下5条短信，非要她今晚回家不可，而她已约了朋友看百老汇的音乐剧，根本走不开。

听完后，章小舫表示可以是可以，但她父亲想见的是她，外人恐怕不太合适。

话音一落，Jacqueline立刻要章小舫别担心，因为她老爸风流了一辈子，谁都可以拒绝，就是拒绝不了年轻漂亮的女孩……

章小舫一听，大惊失色，Jacqueline也察觉到自己失言了，赶紧解释风流是早十几年前的事，她父亲现在已垂垂老矣，连跑都费劲，所以绝不会危及到任何人的人身安全。

怕章小舫还有疑虑，Jacqueline遂掏出手机照片，照片上的男人头发花白，还有明显的老人斑，看着没有八十，起码也有七十了。

" Ok, I can do you a favor." 章小舫说。

见事情搞定后，Jacqueline爽快地给了章小舫200美元，还说待会儿就发地址到她的手机上。

" No problem." 她答。

离开工作室后，章小舫拿着刚"赚"到的200美元吃了一顿精致午餐。饭后，由于离"陪老人吃饭"的约定时间尚早，她决定上母亲的洗衣店瞧瞧。

" 囡囡，妳怎么来了？ " 她母亲放下手中熨斗，惊讶问道。

" 早上我去面工，老问题，没通过，想着横竖没事，就绕过来看看。"

" 没通过就没通过，妳可别难过哈！"

" 不难过。对了，今晚我不回去吃饭。"

她母亲问为什么？章小舫怕事情生变（她可是收了钱的），遂答想看看夜里的世界贸易中心一号大楼。

（注：这不算说谎，因为Jacqueline的父亲就住在那栋楼附近，走路只要5分钟。）

章太太听着奇怪，为什么女儿想看的是世界贸易中心一号大楼，而非更有名气的帝国大厦？但她没有说反对的话，而是叮嘱她早点儿回家，因为夜里的纽约可一点儿也不安全。

"知道了。"章小舫答。

第四十一章 / 圣诞老人

曼哈顿的翠贝卡原来布满了旧工业建筑，后来变成了以Loft形式为主的时尚住宅区，而一个真正的Loft必须具备以下三个条件，一是高大而开敞的空间；二是双层以上的复式结构；三是类似戏剧舞台效果的楼梯和横梁。

章小舫今晚拜访的老人，住的正是Loft，还是联排，宽度能达到8米，在寸土寸金的曼哈顿实属不易，算得上宏伟。

在表达来意后，管家请章小舫在屋外稍等，他进去请示一下。

几分钟过后，管家请章小舫入内，一进门便是个下沉式玄关，有半身镜、衣帽钩、鞋柜、长条凳和一个奇怪的机子。

管家介绍那个机子是鞋底清洁器，它的旋转毛刷能迅速去除鞋底脏物并清洗，洗好后再往强力吸水垫一踩，鞋底便干干净净，比穿鞋套还方便利索。

"May I try it？"章小舫问。

"Sure，please." 管家答。

鞋底干净后，章小舫跟着管家进到屋内，当她踩上棋盘格黑白地砖时，她感觉自己来到了《爱丽丝梦游仙境》里提到的"红心皇后的黑白棋盘花园"……

"Miss, please follow me." 管家对她说。

章小舫原以为会沿着圆弧形楼梯拾级而上，结果管家带她来到转角处坐电梯，这倒好，不用爬楼梯。

上到二楼后，左手边是个用餐室，里面有张大圆桌，目测能坐下十几人。

"Miss, this way." 管家又对她说。

原来章小舫搞错了，右手边那间才是。

入内后，管家请她坐下，同时表示Mr.Cargill 很快会过来与她见面。

话一说完，管家走出会客厅，此时的章小舫注意到他沿着圆弧形楼梯拾级而下，想必电梯是留给主人及其客人使用，工作人员只能走楼梯（当然，引导客人进到会客厅又另当别论）。

"纪律这么森严，该不会是什么大家族吧？" 章小舫心想。

等待的时间总是比较漫长，不过这也让章小舫有机会观察四周，好比这间会客厅，触目所及有乳白色的墙面、复古风的油画、米黄色的沙发、华丽璀璨的水晶吊灯和通向茱丽叶阳台的法式门（此刻门已关上，但依稀可见对向楼里人影憧憧）。

没多久，章小舫听到重重的脚步声，她以为是管家，结果来的却是Jacqueline的父亲。她立刻起身，老人却要她坐下。

待两人都坐下后，老人问她叫什么名字？

"Siobhan."章小舫答。

老人接着介绍自己的名字叫Father Christmas（圣诞老人）。

章小舫笑着答不信，老人却说她最好相信，因为时间会证明一切。

话音刚落，一名系着白围裙的女子捧着银托盘前来，上面摆着一瓶墨绿色瓶身的酒及两只半圆高脚杯。

"怎么没有小食？"章小舫心想，"喝雷司令就该配橄榄、火腿和起司。"

哪知下一秒，老人就交代女佣端橄榄、火腿和起司过来。

此话一出，章小舫的表情丰富极了。

待女佣走后，老人问客人："What？"

纵使章小舫回答没什么，老人还是打破砂锅问到底，她只好道出方才的"心有灵犀一点通"。

老人也觉得有趣，同时心生一个念头——既然他能猜到章小舫的心思，章小舫不妨也猜一下他当下的心思。

"I can't."她答。

老人要她试试，就当是个游戏，于是章小舫答老人此时此刻想的是为什么Jacqueline今晚不来？

闻言，老人哈哈大笑，他说他才不管Jacqueline来不来，事实上，不来更好，否则他就见不到像蜂蜜一样甜蜜的女人了……

"像蜂蜜一样甜蜜的女人？这说的可是我？"章小舫心想。

他俩就这么天南地北地聊，直到管家提醒晚餐时间到了，相谈甚欢的两人才移驾到走廊另一侧的用餐室。

从小到大，章小舫吃过的高档餐厅不计其数，但见证家庭用餐也讲排场还是头一回。

" Is today a special day?" 她问。

老人问她为什么这么问？她答因为食物特别精致，而且管家和佣人的脸上都带着喜气，所以她猜今天也许是个特殊的日子。

" The answer will be revealed at the end." 老人答，脸上的微笑很神秘。

一个多小时后，主餐撤下，咖啡端上。

" It's showtime." 老人压低声音对章小舫说。

接着她便听到窸窸窣窣的脚步声，貌似人数还不少。

Happy Birthday to you.

Happy Birthday to you.

Happy Birthday to Mr.Cargill.

Happy Birthday to you.

随着歌声一同进入的还包括一个缀满硕大草莓的鲜奶油蛋糕和以管家为首的工作团队，数一数，一共6人。

Mr.Cargill 看起来很开心，吹熄蜡烛后，自有人负责切蛋糕。

当切好的蛋糕片上桌后，众人也很识趣地离开。

"Happy Birthday, Mr.Cargill." 章小舫说，"I'm sorry I didn't prepare a gift."

老人要她别放在心上，因为能有一个可人儿陪他过生日就是最好的礼物。

半小时后，章小舫起身告辞，老人体贴地让司机送她回家。

到家后，她正要下车，司机喊住她，递上一个精美的方盒子，说是Mr.Cargill 送的。

"Why?" 她问。

司机答他也不清楚，或许她该问问Mr.Cargill.

当香槟色的劳斯莱斯消失在夜色中后，章小舫打开盒子，一对闪耀着血红色光芒的宝石耳环立即落入眼帘，一看就价格不菲。

这个发现让她眼前一亮，仿佛又回到熟悉的生活圈。

"能对初次见面的人出手阔绰，其身家恐怕难以估量。"章小舫喃喃道，"Mr.Cargill 果然是圣诞老人啊！"

第四十二章 / 意外的大单

今晚是Mr.Cargill 的75岁生日，他早早就跟GRAFF定购了一对鸽血红宝石耳环（为了衬托宝石的尊贵，还镶了一圈无瑕级别的钻石），想在生日这一天送给许久未见的女儿，同时告知自己的病情，可是他的女儿却没有赴约，反而派了一个小女生过来陪他吃饭。话说他缺的是女人吗？不，他从不缺女人（只要一通电话，什么样的女人都能招之即来，挥之即去），他缺的是亲情啊！尤其当医生宣布他患上前列腺癌，生命不会超过5年时，想要唯一的女儿长伴左右的念头也就越发强烈，可惜这个女儿从小就叛逆，即使家财万贯也不能让她屈服半分，Mr.Cargill 隐隐有种不祥的预感——即便女儿知道他的病情，他依然注定要孤独地走完人生的最后旅程。

想至此，他不胜唏嘘，所以当那个陪吃饭的小女生不巧猜中他的心事时，惊愕之余，他只能用大笑来掩饰实际情绪，同时表示自己才不管Jacqueline来不来，事实上，不来更好……实则他的心在淌血，这辈子他做过很多亏心事，唯独没亏待过自己的女儿，他想不通为什么Jacqueline就是不愿与他亲近，甚至不爱他的钱，那么他汲汲营营了大半生，为的是什么？

患癌的打击加上女儿的缺席，导致Mr.Cargill从未像此时此刻这般憎恨他的钱，所以当他差遣自己的司机送客时，顺便就把那对花费百万、本来准备送给女儿的耳环给了那个叫Siobhan的小女生，反正他也用不上，留着只会徒增伤悲。

反观章小舫，一进家门便把Mr.Cargill送的礼物摆在桌上，因为房子就这么点儿大，想藏还找不到地呢！

"这是什么？"坐在桌前记账的章太太望着眼前的方盒子问。

"一个老先生送的。"章小舫很平静地答。

章太太打开一看，立马大惊失色，因为她曾拥有过许多昂贵的珠宝，所以鉴赏的眼力还是有的。

"囡囡，这对耳环起码七位数，老先生为什么要送妳？"

"我也不是很清楚，可能感谢我陪他吃饭吧？！"

话音一落，章太太惊恐地望向自己的老公，章先生也发觉事情大条了。

"小舫，妳今晚去了哪里？"章先生表情严肃，"别隐瞒，阿爸和姆妈听着。"

章小舫分析了一下，自己一没偷，二没抢，陪老先生吃饭也同样光明磊落，何需遮掩？索性就开诚布公了。

章先生听完，大松一口气，不过该表态还是得表态，所以除了强调"无功不受禄"的大道理外，他还要女儿把地址发给他，明天他就上门归还。

"随便你。"章小舫掏出手机按了按，"地址发过去了，我先洗澡去，身体黏糊糊的。"

次日，章先生果然登门拜访，只是停留的时间比预定的十分钟多了很多。

当章先生与Mr.Cargill告别时，心情无疑是激动且欢快的，因为他做梦也没想到归还礼物会为自己带来一个超超超……级的保险大单，一整年的额度达到了不说，下个月至少有2万美元的进账。

想至此，章先生的脚步轻快了起来，而这种好心情也一直延续到下班后，尤其当他行经租房中介公司时……

"May I help you？"一名中介步出店外问。

章先生指向玻璃窗上贴的广告，问能否现在看房？

得到肯定的答复后，章先生跟随中介的脚步，两人往地铁站走去……

第四十三章 / 先斩后奏

苏豪区（Soho)是曼哈顿下城的一个街区，早期制造业发达，留下许多大型建筑物，但自从最重要的纺织业南移后，这里一度沦落为"地狱百亩"，直至1960年代，许多艺术家开始进驻，这才赋予它不一样的活力与魅力。

如今的苏豪区已成为时尚的代名词，从原创手工艺品到高定珠宝，从街头画像到高端艺术画廊，从路边餐车到米其林餐厅等，无不应有尽有。换言之，年轻人、都市白领和有钱有闲的成功人士都能在这里找到归属感，这也是章先生租房的初心，他希望女儿能赶得上时代潮流，最好还能交上三、五好友。

就在看房后的第五天，下班回来的章先生把一串钥匙放在餐桌上。

"阿爸，哪来的钥匙？"章小舫问。

"给妳的。"

"给我的？"章小舫很是惊诧，"为什么？"

"我已经替妳在苏豪区租了个开间，有厨房和卫浴，采光不错，离太子街车站也近，妳应该会喜欢。"

此话一出，章小舫立即跳起，一连在父亲的脸颊上留下好几个印记。

"够了，够了。"她父亲喊着，"开心吗？"

"开心，太开心了，我做梦都想拥有自己的房间。"

与章小舫的欣喜若狂不同，章太太的脸上蒙了一层阴影，大有山雨欲来之势。

饭后，章小舫主动揽下洗碗的工作，章太太也不阻止，反而借口烟瘾犯了，独自下楼哈烟去。

当章太太点燃第二根烟时，章先生也下楼来。

"又抽，不是讲好一天半包，天黑后只抽一根吗？"章先生责问。

"心情不好，所以破戒了。"章太太答。

章先生当然知道自己的老婆为什么心情不好，于是把事情的前因道来。

"有额外进账当然好，租房也是需要的，"章太太说，"可是你为什么不事先跟我商量一下？咱们一家三口好不容易才又在一起，怎么反过来将囡囡往外推？再说，你就算要租，也应该租个二居，不是吗？"

这也是章先生的心结，他知道于情于理都该跟太太商量，不能自作主张，但一来这个家负担不起二居的租金，二来他若不硬着让"生米煮成熟饭"，以太太的"母性"，女儿想独自搬出去住，恐怕有好一阵子要折腾。

"听着，"他说，"我们的房还有4个多月才到期，现在若解约，等于白付4个月的房租，妳不心疼？其次，小舫才来纽约不久，一切还算新鲜，等熟悉了，她自然不愿与父母同住，搬出去只是早晚的事；其三，我的大单还是因她而来，她值得拥有一个舒服的居住空间，包括一张床；其四，外国孩子最看不惯妈宝男或妈宝女，如果让人知道小舫还跟父母住，她能交得上朋友？"

听完老公的解释，章太太不再那么恼火，可是这不表示她不担忧，好比女儿不会做饭，天天外食可不便宜。

"放心！"章先生笑了，"小舫聪明得很，当她发现入不敷出时，自然就会做饭了。"

想当初，章太太同样十指不沾阳春水，来美国后，连土豆牛腩、油焖大虾、红烧排骨等硬菜都做得出来。有此先例，章先生当然信心十足。

"苏豪区的租金如何？"章太太沉默了一会儿后问。

"不低，我租下的公寓要2900美元一个月，押一付一。"

"这么贵？"章太太咋舌，"比我们现在租的贵了一倍！"

"当然，人家楼里有保安，一分钱一分货，小舫的安全最重要。"

提到女儿的安全，那自然排第一位，章太太再心疼钱，也得接受。

见老婆不再眉头深锁，章先生遂催促她回家。

"好，等我把这根烟抽完。"章太太答。

"还抽？嫌牙齿不够黄？"章先生问。

"黄就黄呗！我不在乎就行。"

"既然这样，也给我来一根吧！"

章太太心想家里已经有她这个老烟鬼了，再来一个可受不了，所以熄了烟，转身与丈夫进楼去。

第四十四章/东方维纳斯

搬进新租处的章小舫简直如鱼得水，一觉总要睡到近中午才起，接着洗个澡，再到楼下吃顿Brunch（早午餐，由早餐breakfast和午餐lunch两词合成）。饭后若精神好，连家也不回了，直接开启压马路模式，不是逛街、购物，就是看电影、进酒吧，总要逗留到夜里十点过后才肯回家，而随心所欲所带来的"效果"也是惊人的，因为不到十天的光景，她就花光父母给的生活费，连同Uncle给的信用卡也刷到一毛不剩。

"这可不妙！"她心想，"我总不能回家哭穷吧？"

思来想去，章小舫决定把刚买来没几天的康康包给卖了，没想到原价8300美元的包，转手只卖了3900，等于打了4折，真是血亏啊！

心情大坏的章小舫决定不再让负能量继续增长，她得找个乐子让自己开心才行，于是来到经常逛的画廊，买下一幅前几天看中的小画（30厘米见方，单手就能拎着走）。虽然她更钟意挂在显眼处的大尺寸画作，但自己的荷包不允许，家里也不够大，只能作罢。

就在章小舫结完账，准备离去时，画廊走进来一位新客人……

" Siobhan, it's good to see you again."

章小舫闻声望去，很是惊讶，怎么Mr.Cargill 也逛起画廊来了？

" You too. What are you doing here？ "章小舫问。

Mr.Cargill 告诉她——他想买幅画送朋友，既然章小舫在，那正好，可以给他一些建议。

在问清楚画是送给一名年轻女性后，章小舫不假思索地指向那幅她买不起的画。

" Why do you think this painting is appropriate?" Mr.Cargill 问。

章小舫答因为她也是年轻女性，而她喜欢这幅。

Mr.Cargill 又看了那幅章小舫推荐的油画几眼，接着招来销售人员，说他买下了。

章小舫很开心自己的意见被采纳，正要离开时，Mr.Cargill 问起她的住址。

" Why？ "她惊讶问道。

" You have to let the gallery know where to send the painting, right?" Mr.Cargill 反问。

章小舫懵了，怎么画送到她家？一切都反了！

Mr.Cargill 表示没错，既然章小舫喜欢这幅画，他乐得让画回到能欣赏它的人的手里，这才是最好的归宿！

章小舫的内心虽欢喜，但也只能拒绝，一来租处不够大，挂上"巨"画反而得到反效果；二来这幅画太大了，无痕挂钩恐怕承受不住，而租房合约上已经明文规定墙上绝对不能打孔，她不想为此惹麻烦。

Mr.Cargill 听完表示理解，并没有为难她。

" Then have a good day, bye." 章小舫说，接着嫣然一笑。

这一笑让Mr.Cargill 的身体产生"些许"的化学变化，这不是个好征兆，因为他已经阳痿了大半年（由于生理疾病），"想而不能"只会让情况更加糟糕！

然而已经被某种激素冲昏头的Mr.Cargill 哪管得了这些？他直勾勾地注视着章小舫的背影，直至销售人员喊 "Excuse me."，Mr.Cargill 才回过神来。

" Where should this painting be sent?" 销售人员问。

Mr.Cargill 想了想，还是报上老友女儿的地址，这是一份结婚礼物，他希望Pamela会喜欢。

回家后的Mr.Cargill 总感觉哪哪都不对，他试着让自己忙碌起来，好分散注意力。事实证明这个方法奏效，只是上床后就惨了，因为压抑了半天的欲望反而千军万马般地向他奔来……

" 不，不行，她不是卖的。" 理智说。

" 谁让你买？娶她就能天天见面了。" 冲动答。

" 娶她？两人的年纪相差半百，**Siobhan**不会同意的。" 理智又说。

" 不试怎么知道？再说，钱就是男人的底气，没有女人会跟钱过不去。" 冲动又答。

. . .

就这样，理智和冲动的对话反复进行着，搞得 Mr. Cargill 脑瓜子疼，以致隔天精神萎靡，连走路都不稳。

见状，管家问他是否需要按摩？

"按摩"是Mr.Cargill 与管家之间的暗号，如果Mr.Cargill 答Yes，管家就会让Sugar Baby（糖宝，指被包养的年轻女性）上门服务。

" No, I don't need a massage. I need Siobhan." Mr.Cargill 有气无力地答。

管家并不知道章小舫的英文名，所以询问Siobhan是不是新糖宝？

" No, " Mr.Cargill 立即否认， " Siobhan isn't a sugar baby. She is a......a......Oriental Venus."

"东方维纳斯"的答案让管家大惑不解，但Mr.Cargill 没多做解释，这是他的秘密，小气地不愿与任何人分享。

第四十五章/太子街车站

Mr.Cargill 病倒了，连起床的力气都没有，医生说这是前列腺癌的症状之一，但只有Mr.Cargill 心里清楚着，那是相思成疾，而解药只有一个，偏偏他连Siobhan住哪儿都不知道，这岂非死路一条？

正当Mr.Cargill 六神无主、不知所措之时，管家到他床边请示——屋子的火险到期了，该不该再续？

闻言，Mr.Cargill 灵光一闪，Siobhan的父亲不是保险业务员吗？他肯定知道女儿住哪儿！

当日夜里，Mr.Cargill 拨打了章先生的手机号，表示自己想买火险，问他能否上门来？

超级大客户想买保险，就算电闪雷鸣、下雪落雹也得去！于是两人很快约定明日中午12点见面（这个时间点刚好吃午饭，Mr.Cargill 打算好好巴结一下未来的"岳父"，纵使自己的年纪比人家大上一轮不止）。

隔天，Mr.Cargill 精神奕奕地出现在早餐室內，看得管家瞠目结舌，不明白已病了数天的人，怎么一个晚上的工夫就痊愈了，甚至比生病前还精神？

" I've an important guest at noon, so the cook must prepare a sumptuous lunch today." Mr.Cargill 边吃早餐边交代。

管家当然点头如捣蒜，这个家已经很久没有"重要"客人了，他猜想如果不是哪个众议员，便是哪家上市公司老总，反正都是重磅级人物，结果来的却是保险业务员，把他给整迷糊了！

Mr.Cargill可没空解答管家的疑惑，他忙着招呼"丈人"，丝毫不敢怠慢。

反观章先生，男主人的热情让他很是受宠若惊，相较于上一次，这次明显非比寻常。

酒过三巡后，Mr.Cargill 问起Siobhan，章先生答他已有十天半个月没见到女儿了，也难怪，她换了一个新环境，总要熟悉一下。

知道Siobhan不住家里，Mr.Cargill 松了一口气，紧接着乘胜追击，问起Siobhan是不是也住在中国城附近？

（注：章先生曾提起自己的老婆在中国城开了一家洗衣店，Mr.Cargill 想当然尔地以为这一家三口全安家在中国城的辐射范围内。）

针对此问题，章先生回答不是，不过也离得不远，开车只需七、八分钟。

从中国城开车七、八分钟能到的区域多了去，到底是西北方的Soho还是东南方的Two Bridges？亦或是正南方的Wall Street？ Mr.Cargill 当然想搞清楚，但为了不"打草惊蛇"，他狡狯地声东击西。

" 我希望Siobhan没住在治安相对较差的下东区。" 他说。

此话一出，章先生尴尬极了，因为他的租处正处于治安相对较差的下东区。

"No." 章先生答，"She lives in Soho, near Prince Street Station."

住在苏豪区且靠近太子街车站？这倒是条好线索！Mr. Cargill 还想问得更仔细些（好比公寓楼的名称），无奈章先生已把话题转到保险上，他只能顺势而为，免得露出马脚。

一个小时过后，章先生离开大客户家，与屋外的天寒地冻比，他的内心无疑热血澎湃，因为Mr.Cargill 不仅买下高保额的火险，还给他介绍了好几名优质客户，光看地址就知道非富即贵。

这个意外的插曲也改变了章先生的计划，他原本打算见过客户后便绕到苏豪区跟女儿打声招呼，如今看来是不行了，他得抓紧时间回公司做准备，好将这些大客户全数拿下！

而在Mr.Cargill 这一边，他也没闲着，章先生前脚一走，他后脚便唤来司机，因为他等不及要见到那个已萦绕在他心头数日之久的可人儿……

第四十六章 / 阴错阳差

太子街车站有两个出入口，一个开往Uptown和Queens，另一个开往downtown和Brooklyn。此时，Mr. Cargill与司机分别站在两头，直到鹅毛大雪纷纷扬扬，司机才不得不催促老板回到车内。

起初，Mr.Cargill并不愿意，但司机说了，天雪路滑，万一摔着了，那可不妙！

Mr.Cargill想想也对，俗语说"He who has health has hope."（有健康的身体才有希望），他得为以后的幸福生活好好保重身体，何况这样漫无目的地找人或等人很没效率，一定还有其他法子可以"事半功倍"！

幸运的是车子还未到家，Mr.Cargill就福至心灵——何不请个侦探查找？

对于侦探来说，地点有了（苏豪区太子街车站附近的公寓），人也有了（名字、身高、年纪和长相），简直毫无难度可言，所以很快便找到详细地址，具体到几楼几室。

知道Siobhan就住在Mercer Street和Spring Street的交叉口附近后，Mr.Cargill马不停蹄地赶往现场。

话说这两天漫天大雪，章小舫已经在家里躺了两天，直到泡面也吃完了，才被迫离开舒适区，没想到一推开公寓楼下的大门就见到Mr.Cargill。

"Mr.Cargill,"章小舫很是惊讶，"what are you doing here？"

Mr.Cargill支支吾吾的，最后才找了个借口（他朋友也住这栋楼）搪塞过去。

"Which floor and room number does your friend live in? Maybe I know him or her."章小舫问。

哪知Mr.Cargill回答寻友已无关紧要，他目前最想做的是找个地方吃点儿东西。

恰好章小舫也饥肠辘辘，两人一拍即合。

在餐厅里，Mr.Cargill精神抖擞且口若悬河，风趣幽默的谈吐把章小舫惹得哈哈大笑。

"I love seeing you smile. It reminds me of my daughter." Mr.Cargill说。

Mr.Cargill的女儿叫Jacqueline，在中城区开了一家服装工作室，也是因为Jacqueline的引见，章小舫才得以认识Mr.Cargill。如今这位老人说喜欢看章小舫笑，还表示这让他想起了女儿。章小舫听闻后，爱心瞬间爆棚，主动提议陪老人四处走走。

"Are you sure？"他惊喜问道。

"Yes."她答。

后来，司机载他俩到中央公园，只因章小舫说想让Mr.Cargill体验一把堆雪人的快乐。

当车子在中央公园的南端（也就是著名的59街）停下后，章小舫扶着Mr.Cargill下车，任何人见了，都会认为这两人之间起码隔了一代。

老实说，虽然中央公园位于曼哈顿上西城和上东城之间，是一座大型的城市公园，但Mr.Cargill一次也没进来过，顶多只是坐在豪车内远远地瞄上一眼。

"Are you ok？"章小舫问。

"Fine. I'm ok." 他答。

章小舫之所以这么问，乃因Mr.Cargill脚上穿的是小牛皮皮鞋，而不是更防滑的雪地靴、雪鞋或登山鞋，她有点儿担心他会滑跤，所以战战兢兢地守护着，然而落在Mr.Cargill的眼里却有不一样的解读——这女孩肯定是喜欢他的，否则不会鞍前马后。

由于连下了两天大雪，好不容易今日才放晴，放寒假的学生们当然不愿放过，所以公园内肉眼可见的人头攒动，好不热闹。

"Wow, snow tubing." 章小舫兴奋喊道。

原来公园里有个不高不矮的坡，此时有很多人在玩滑雪胎，享受着从上往下滑的乐趣。

看心怡对象流露出渴望的眼神，Mr.Cargill掏出手机，打算差遣司机即刻去买个滑雪胎过来，结果事情的发展快过他的计划，因为Siobhan已经向一个小男孩借到滑雪胎，并且成功"登顶"了。

"Mr.Cargill," 章小舫在坡上向他挥手，"I'm coming."

此话一出，章小舫从坡上滑了下来，长长的发在她身后飞扬，她的嘴在笑，眼睛也在笑，两颊红扑扑的，像两颗红苹果……

Mr.Cargill 看呆了，他没想过年逾七十的他还会心动，而且迷恋的程度甚过以往……

" Mr.Cargill. "章小舫喘着气向他跑来，" Do you want to try？It's a lot of fun."

Mr.Cargill 当然敬谢不敏，他这把老骨头可不经摔，即使眼前的可人儿答应会"保护"好他。

当章小舫把滑雪胎还给小男孩后，两人继续前行，直到来到一片空地上，那里已经堆了几个歪歪扭扭的雪人。

" Mr.Cargill， should we build a super-sized snowman?" 章小舫兴奋问道。

Mr.Cargill 当然同意，只是他连弯腰都费劲，大部分的工作只能由章小舫来做，他则负责把堆好的雪块压得更紧实点儿。

当大功告成后，章小舫提议拍照，于是社交平台上多了一张她与Mr.Cargill 的合照。

堆完雪人，Mr.Cargill 问Siobhan接下来想干嘛？她回答想看电影《破墓》，于是他们驱车前往AMC Empire影院。由于看的是恐怖片，全程有1/4的时间，Mr.Cargill 紧闭双眼（他的心脏不好，怕突来的惊吓让他当场暴毙）。对此，章小舫毫不知情。

电影结束后，章小舫问Mr.Cargill 好不好看？他回答好看，以后若再有这样的电影，记得喊他过来看。

" Deal." 章小舫笑咪咪地答。

晚餐时间，他们在纽约最高餐厅 Peak with Priceless Restaurant & Bar吃美食，透过大片的落地玻璃窗，可以将帝国大厦、自由女神像等地标尽收眼底。

" Cheers." Mr.Cargill 举起酒杯，" To the most gorgeous woman in the world."

"Cheers." 章小舫也举起酒杯，"To the most charming man in the world."

Mr.Cargill 赞美章小舫是个美丽的女人，章小舫便"回敬"他是个迷人的男人（而非老男人），这让Mr.Cargill 又看到了希望——也许他眼中的年龄差距根本不是问题，他依旧可以拥有浪漫唯美的第二春。

回程途中，Mr.Cargill 问章小舫想要什么礼物？章小舫反问为什么要送她礼物？

"Because you bring me happiness." 他答。

章小舫随即表示Mr.Cargill 可以因为天气好或天气不好而送她礼物，就是不能因为她给他带来快乐，因为Mr.Cargill 同样也给她带来了欢乐。

这是高情商的回复，但到了Mr.Cargill 耳中却成了爱的"表白"，以致接下来做了个唐突的举动——他在她的手背上亲吻了一下。

章小舫震惊不已，不知老先生的葫芦里装着什么？

同表震惊的还包括从后视镜窥到方才一幕的司机，他载过无数个Sugar Baby（糖宝），章小舫是隐藏得最好的一个，他原以为老板真的交上一位忘年友，没想到还是个卖的！

车子抵达章小舫的租处后，Mr.Cargill 对她说："See you soon, honey."

被一个老头喊亲爱的，章小舫感觉浑身上下起鸡皮疙瘩。她快速下车，连再见都没说。

Mr.Cargill 倒没察觉到异样，反而认为这是东方女性特有的娇羞与含蓄，既神秘又浪漫……

第四十七章/陪他一段

Mr.Cargill 的异常言行着实吓坏了章小舫，她决定先冷静几天，好甩开那种不舒服的感觉。幸运的是Uncle依旧没有注销那张信用卡副卡，于是她购买了次日中午起飞的航班，预计抵达后，她还来得及欣赏迈阿密的海滩落日风光。

与章小舫的仓皇不同，Mr.Cargill 感到无比兴奋，甚至到了需借助安眠药才能入眠的程度。也就是说，当章小舫登机时，药效尚未退去的Mr.Cargill 还躺在Hästens 的 Grand Vividus床垫上沉沉入睡……

下午一点左右，Mr.Cargill 终于醒来，他摇铃让管家把餐点送到床边。

饭后，当Mr.Cargill 边喝餐后茶边翻看纽约时报时，管家走过来报告——古董商Mr.Brown昨日曾来电，说手中有几样中世纪首饰，问Mr.Cargill 有没有兴趣瞧瞧？

Mr.Cargill 下意识答不，但那个可爱的身影忽然一闪而过，他随即改主意，约了古董商明天上午见面。

也就是说当章小舫穿着比基尼泳装，边喝芒果冰沙边做日光浴时，Mr.Cargill 正为她挑选世上独一无二的珍宝，也许曾是哪个落难王族的遗物，也可能是某个权贵情妇的心头好，如此这般，章小舫并不知情。而更令她意想不到的是在她"消失"的一个礼拜中，Mr.Cargill竟会派人天天蹲守，只为了获得"伊人已归"的第一手消息，这可以解释为什么章小舫度假归来的当晚便收到一大束红玫瑰，卡片上的署名写着：Your loyal knight, Mr.Cargill.

这个重磅炸弹炸得章小舫昏头转向，好半天喘不过气来。

"不，一切都搞错了。"她心想，"Mr.Cargill肯定误会什么了！"

隔日，踌躇再三的章小舫决定登门拜访，好把萦绕在心头的谜团解开。

虽然苏豪区与翠贝卡只有短短不到20分钟的步行距离，怕弄脏Jimmy Choo平底靴靴底的章小舫还是打车前往。下车后，同样的联排Loft，同样的下沉式玄关，不同的是这次Mr.Cargill 亲自过来迎接。

" Oh, sweetheart. It's nice to see you here." Mr.Cargill 说。

又是Honey，又是Sweetheart，章小舫受够了，可是教养又让她说不出苛刻的话来，只能冷冰冰地提醒——她的名字叫Siobhan Zhang。

" Of course I know your name is Siobhan Zhang，" 他答，" but there's no need to be too restrained between you and me, just relax."

这次章小舫明确表示希望Mr.Cargill 喊她Siobhan或Miss Zhang，不要那些花里胡哨的称谓。

Mr.Cargill 不明白Siobhan的态度为何会丕变？是天气原

因还是身体不适？ Anyway，他相信自己精心准备的"惊喜"会改变现状，让她重新"爱上"自己。

" Why don't we sit down and have a chat?." Mr.Cargill 说（试图改变氛围的意图相当明显）。

然而嘴里说要"坐下来聊聊"的老男人，行动上却不一致，他兴致勃勃地带着客人参观房子，章小舫这才知道原来一楼深处是个开放式厨房，有早餐室、壁炉和咖啡吧；二楼上次来过，不再赘述；三楼是主卧室，配有超大衣帽间和大理石浴缸；四楼有3个客卧，每个房间都有独立卫浴；五楼有一个宏伟的图书室，那里的书琳琅满目，大概一辈子也读不完；顶层则是休闲运动区，有烧烤炉、健身房、桑拿房和一个长度约有15米的游泳池，能边游泳边欣赏附近高耸入云的摩天大厦……

" Where do the staff live?" 章小舫好奇一问。

Mr.Cargill 表示工作人员皆住在地下一层，而地下二层"住"的是他的12辆豪车。

章小舫也算是含着金汤匙出生，所以对这座豪宅并不感到惊艳，但她还是很享受这种"Room Tour"，毕竟她目前住的单身公寓只勉强达到舒适的程度，能偶尔过过眼瘾，回忆一下过往的辉煌时刻还是颇为美好的。

两人回到会客厅后，佣人送来下午茶，有烘培咖啡与三层点心碟。

Mr.Cargill 一边鼓励章小舫享用，一边问起她的家世，当得知她的父母因赌博而失去几乎所有的积蓄时，不禁感叹世事无常。

" How about you？ " 章小舫问。

这个问题恰恰给了Mr.Cargill 证明实力与表达心境的机会，原来他从小家境富裕，即使什么事都不做，也能过上穷奢极侈的生活，算是老钱家族的受益者。若要说遗憾，也不是没有，譬如与他鹣鲽情深四十余载的老婆去逝了，而唯一的女儿又与他不亲。不讳言地说，自从成为鳏夫后，他自弃了一段时日，直到遇见天使……

"An angel?"章小舫问。

Mr.Cargill 答没错，天使指的正是章小舫，她照亮了他的生命，所以即使倾尽所有，他也在所不惜，只要天使能与他相伴左右。

话一答完，Mr.Cargill 摇铃，守在会客厅外的管家立即捧着一个木制托盘过来。

"I bought these especially for you." Mr.Cargill 说。

章小舫定眼一瞧，托盘上有黄金制的心型胸针、缀满钻石的十字架项链和三排镶嵌着蓝宝石的珍珠手链。

"Why?"她问。

Mr.Cargill 答因为女人都爱珠宝，不是吗？

其实章小舫问的是为什么是她？Mr.Cargill 却误会了，但此刻的她并不想纠正。

"I can't accept these expensive gifts." 她说。

现在换Mr.Cargill 问为什么？章小舫灵机一动，何不拿她的父母"吓退"对方？上回的红宝石耳环便是个铁铮铮的例子！

Mr.Cargill 记得那对被退回来的耳环，也正因为这个"退回"的动作，让他高看了这个女孩的家庭。

"You are right, I was too rash and should have asked your parents' consent first." 他说。

章小舫以为Mr.Cargill 终于懂得她的处境（她父母是拦路虎，这事肯定黄），然而她又错了……

两天过后，章小舫的父母神情紧张地来到她的公寓，问她为什么与一个老头谈起恋爱？

"不，我没有。"章小舫大惊失色，"这让我从何说起？"

经女儿进一步解释，章父章母稍微放下心来，但仍不忘提醒他们的心肝宝贝运离这个老色鬼。

章小舫嘴里答应，但接下来的发展却不由她，因为那种"要风得风，要雨得雨"的感觉又回来了，且四周围全成了好人，忙着对她惟命是从，她爱极了这种氛围，所以陷入左右为难之中。

事情的转折发生在Mr.Cargill 向她吐露病情，同时强调只需她陪伴，两人不领结婚证，方便她日后嫁人。

"Why？"她问。

"Because the doctor said I wouldn't live more than five years."他答。

在别人眼中，章小舫或许是个大懒虫兼享乐主义者，但她同时也是最心软的，属于头脑简单且不食人间烟火的那类人（意思是Mr.Cargill 的情况完全击中章小舫的软肋）。

考虑再三，章小舫决定陪Mr.Cargill 走完人生最后的旅程，不过有个条件，那就是得瞒着她父母。

Mr.Cargill 理解"岳父岳母"的保护欲，当然点头同意。于是在达成协议的次日，章小舫搬进老先生的豪宅内，从此过上养尊处优的日子……

第四十八章 / 被财神爷眷顾

Mr.Cargill 对章小舫是有性欲的，但生理上的缺陷却让他很快败下阵来。

"Sorry." 他亲吻她的额头，"You're too sexy."

章小舫当然不能期待一名老人在床上会有什么出色的表现，但还是难掩失望，因为她以为自己会得到极致的欢乐，就像书本上说的一样。

后来的几番尝试依旧未能成功，Mr.Cargill 索性放弃了，甚至主动把主卧室让出来，自己睡客房去。

起初，章小舫对"分房睡"是有芥蒂的（虽然她终于满足小时候的愿望，拥有了一个带展示柜的衣帽间，但与此同时，她也怀疑自己缺乏性吸引力），直到意外发现管家在偷拍她，这才挽回自信心。

话说这位管家是印度裔，四十岁上下，据说已经在这座宅子里工作了十余年，一直尽责尽职，可是偷拍事件才发生不到48小时，Mr.Cargill 便辞退他，火速换上一名女管家。

这件事让章小舫心有余悸——莫非Mr.Cargill在屋内安排线人或设置针孔摄像头，否则动作怎会如此神速？

几天过后，当"夫妻俩"共进晚餐时，Mr.Cargill问章小舫有没有读过《查泰莱夫人的情人》这本书？她答没读过，但看过电影。

" What do you think of the story?" 他又问。

章小舫当然清楚Mr.Cargill为什么问这个，所以回答"她痛恨背叛"。

Mr.Cargill很满意这个答案，举起酒杯，说：" Cheers, to our great marriage."

章小舫并非心口不一，自从被王翰东玩弄感情后，她想通了，除非对方真心实意，否则不会轻易交付感情。

回到目前的状况，Mr.Cargill对章小舫当然是真心实意，甚至到了百依百顺的地步，他可以为了她的心血来潮，包机飞往某个演唱会现场，至于华服、名包、定制鞋……等，只要章小舫想要，Mr.Cargill没有办不到的。然而与此同时，这个男人也是小心眼的，不容许他的女人有二心。

有此"掏心掏肺掏钱包"的男人，章小舫就算独守空帏又如何？人总不能把好处全占尽了，不是吗？至于控制欲……章小舫宁愿相信这是Mr.Cargill爱她的表现。

换言之，这两人各取所需，一个拥有陪伴，另一个拥有物质，两相结合，Mr.Cargill不再郁郁寡欢，而章小舫又可以回到原来的生活水平。

然而这样的幸福生活只维持了一年半，Mr.Cargill便开始频繁进出医院，虽然早有心理准备，但章小舫还是慌张的。

"Don't worry, I'm just going to say hello to the doctor." 他对她说。

可惜那次的手术并不成功，所以几个月后，Mr.Cargill 又进行了一次手术。就在上手术台前，Mr.Cargill 依旧要章小舫别担心，不同的是"跟医生打声招呼"换成了"跟上帝打声招呼"，而结果并不如 Mr.Cargill 的意，因为上帝不只回复了他的招呼，最后还将他留了下来。

得知噩耗的章小舫泣不成声，因为她是真的把 Mr. Cargill 当成了亲人。

同样如丧考妣的还包括 Mr.Cargill 的女儿 Jacqueline，只不过她的伤心还夹杂着其他情绪，起因是律师告诉她——她父亲的遗嘱已做了变动，详情会在另一个遗产继承人在场时一併公布（而所谓的另一个遗产继承人竟然是久未见面的 Siobhan Zhang，这是 Jacqueline 万万没想到的）。

经多方打听，真相终于浮出水面，意外的是 Jacqueline 并没有发怒，而是理解，毕竟 Siobhan Zhang 做到了陪伴，在这个连买瓶水都要1美元的年代里，做任何事都是有价的。

葬礼过后，律师在他的办公室公布了 Mr.Cargill 的遗嘱内容，章小舫获得现在所居的联排别墅和800万美元现金，其余全归 Jacqueline，这包括235处房产、115块地皮、654件艺术品、45辆豪车、数万股股票和约8000万美元的现金。

宣读完毕后，律师问继承人有无异议？章小舫答无异议，Jacqueline 却答有异议——她希望从她所得的现金遗产中拿出100万美元赠予 Siobhan Zhang，借以感谢 Siobhan Zhang 对她父亲的照顾。

这个突然的变化让律师和章小舫同时怔住了。

" You don't need to do this." 章小舫对Jacqueline说。

然而Jacqueline却表示这只是她的一点儿心意，希望章小舫收下。

事已至此，章小舫恭敬不如从命。

就这样，尚未满25岁的章小舫就已拥有一栋市值近3000万美元的豪宅和900万美元的现金，加上Mr.Cargill 曾为她买下的金银珠宝和昂贵衣物等，章小舫俨然就是个小富婆。

从律师事务所走出来后，Jacqueline和章小舫互道珍重再见，接着各奔东西。

" 现在我该上哪儿去？" 章小舫喃喃道。

此时，一辆标着Laundry的面包车忽然急驶而过，她赫然想起母亲，一招手，上了出租车。

第四十九章 / 惊喜

当章小舫踏进洗衣店时，她母亲正在讲电话，从断断续续的洋泾浜英语中，她了解到顾客正在指责母亲，理由是没按照规定时间送衣上门。

纵使母亲道歉连连，对方仍不依不饶，急得母亲眼泪都快掉下来……

见状，章小舫走过去，果断地拔掉座机电话线。

"囡囡，侬发痴啦！"她母亲气得冲口而出。

"姆妈，消消气，我带妳去白相相。"章小舫答。

（注：白相相在上海话中是"玩耍一下"的意思。）

章太太当然不愿在工作时间玩耍，但在女儿的软磨硬泡下，她还是将"Closed"的牌子挂在店门口。

虽然章小舫嘴上说着要带母亲玩，可是去的第一站却是美发店，理由是新发型能给母亲带来好心情。

"What color do you want to dye your hair?"美发师问。

"Black."章太太答。

此话一出，章小舫立马不同意，直接让美发师把母亲的头发染成葡萄紫。

"哎呀！勿要出格好伐？"她母亲嚷嚷着。

"姆妈，妳信我，葡萄紫绝对是最适合妳的颜色。"

果然葡萄紫的齐肩外翘发型一出，立刻碾压章太太原来的黑中带白泡面卷发。

"哈！囡囡的眼光老好额，"她母亲面镜左右察看，"新发型让我年轻不少。"

见母亲满意，章小舫接着带她前往一家化妆品店，那里提供收费的化妆服务。

半小时过后，她母亲难以置信地问："囡囡，妳说镜中的人是我吗？"

"当然，姆妈好看极了。"

想当初，章太太也是"爱美"人士，哪怕只是出门几分钟，她也要打扮得漂漂亮亮的，可惜自从家道中落（口袋里的钱再也支撑不了"臭美"）后，她便不再打扮，成了"黄脸婆"大军中的一员。如今拜女儿所赐，章太太仿佛喝下"回春水"，心中那叫个激动！

从化妆品店出来后，章小舫还想带母亲到 Brookfield Place 购物，可是却被母亲拒绝了，理由是今日花费已太多，不能再浪费了！

"姆妈，妳就别管钱的事，反正我买单。"章小舫豪气地说。

"呵！妳的钱还是我和妳爸给的，羊毛出在羊身上，我可不戆。"她母亲答。

是这样的，章小舫为了隐瞒与 Mr.Cargill 同居的事实，所有一切照旧，包括苏豪区的公寓不退租、每个月依然接收父母给的生活费、逢年过节也会与双亲一同食饭……等，以致于在长达一年半的时间里，章先生和章太太硬是没发觉女儿有任何异样。

"不，不是花你们给的，而是……而是……"章小舫踌躇了一下，"而是我买的彩票中了50万美元。"

"侬讲个真个哇？"她母亲的声音立即高八度，"哈哈！额角头真高！"

话一答完，章太太忽然觉得有必要给老公报个喜，于是一通电话打了过去，恰好章先生也有个"惊喜"要给女儿，于是三人约在中国城最好的上海菜馆一起食饭。

由于离约定时间尚有3小时，挂断电话后的章太太同意到Brookfield Place逛逛。

"也许我还来得及换上一身合适的衣服上高级餐厅。"她对女儿说。

第五十章／自作自受

三人在餐厅坐下后，章先生首先恭喜女儿中奖了，接着赞美老婆今晚美得像灰姑娘。

"还灰姑娘呢！"章太太睨了老公一眼，"明明是《美女与野兽》里的贝儿公主好伐？！"

"妳是贝儿公主，那我岂不成了野兽？"章先生答。

看父母打情骂俏，章小舫有说不出的幸福感。

"小舫，"她父亲忽然将矛头指向她，"妳打算怎么使用赢来的奖金？"

"我……我想把奖金送给阿爸和姆妈。"

话甫歇，章先生和章太太对视，从眼神中，他俩显然交换了不少信息，并且最终达成共识。

"小舫，"她父亲开口，"妳有这份孝心，我和妳妈都很欣慰，但我们拒收，因为妳应该把钱花在自己的前途上，好比上学。"

章小舫立即表示学肯定是要上的，但她另有法子付学费，所以父母还是把钱收下吧！

"囡囡，妳把奖金给了我们，妳哪来的钱上学？再说，曼哈顿的房租不便宜，物价还贵，妳可别以为50万元很经花，大概只够逍遥个三、五年而已。"她母亲耳提面命。

眼下的章小舫无疑是难堪的，她没想到原本的善意会让她举步维艰，还好关键时刻，她想到了父亲所说的"惊喜"。

"阿爸，你不是说有个惊喜给我吗？"她问，转移话题的用意相当明显。

"噢！我差点儿忘了，惊喜就是妳的依亲签证办下来了，可以安心留在美国，但在获得绿卡前，妳还不能工作。"

章小舫接着问什么时候能拿绿卡？她父亲答得排队，几年的等待时间是要的。

"这么久？"章小舫咋舌，"听说投资移民比较快。"

"得投钱啊！宝贝儿。"

其实在与Mr.Cargill同居后没多久，对方就曾说过要用投资移民的方式帮她解决身份问题，若不是章小舫的父亲已经在办依亲签证，她还真有可能答应下来。

"囡囡，别难过。"她母亲说，"妳先去上学，等硕士学位也到手了，我看绿卡也差不多了。如此一来，岂不皆大欢喜？"

章小舫心想投资移民只需一百来万（美元），就算加上其他花销，也到不了150万，对于她的诺大"家产"而言，不过是洒洒水而已，何苦百转千回？但她不能这么答，而是同意母亲的说法。

时间就在话家常中一点一滴地流逝，当他们走出餐厅时，叫的Uber正好到了。按照路程的远近，车子会先行经下东区，然而当车子抵达章小舫父母的租处时，她父亲却不愿下车。

"没事，我跟妳一起回苏豪区，看妳进屋后，我再回去。"她父亲说。

章先生打的算盘是送女儿回公寓后，自己再搭地铁回家，可是当网约车来到章小舫所住的公寓楼底时，章父却忽然内急，只得上楼使用女儿的卫生间。

"怎么水龙头的水是黄的？"走出卫生间的章先生问女儿。

"可……可能公寓今天清洗水箱了。"她答。

"清洗水箱的确可能流出污水，但擦手巾硬邦邦的又是怎么回事？"她父亲又问。

章小舫的心喀噔了一下，她没想到谎言最终会败在擦手巾上。

见女儿神色紧张兼吞吞吐吐，章先生心中了然了。

"他是谁？"他问。

"一个……美国人。"

"老外？"

"嗯！"

果然与章先生料想的一样。

"什么时候带来见阿爸、姆妈？"他又问。

"我来安排。"她弱弱地答。

送走父亲后，章小舫后悔不已，因为不知如何让死去的人复活？

"哎！我这是拿石头砸自己的脚，没救了！"她哀叹。

第五十一章 / 摊牌了

在章先生和章太太的再三催促下，见面时间终于定在周五晚上七点钟，见面地点则是章小舫男友的住处。

章先生一看地址，竟然只与Mr.Cargill 的住所隔了两户，心中不禁窃喜，因为那里住的非富即贵，看来小舫交到了一位家境很好的男孩子。

时间来到周五晚上近七点钟，章太太站在约定地点，边仰视边问：“哇！这别墅得值多少钱？”

“几千万美元要的！”章先生答。

“啧啧啧……没想到囡囡这么结棍，抓到了一个黄金单身汉。”

“看来的确是。”

然而不管他们如何按铃，始终无人应门，章先生只得打电话给女儿。

“你们稍等，我马上就来。”她答。

当章小舫从Mr.Cargill的房子走出来时，章先生惊讶到无法言语，尚被蒙在鼓里的章太太则不解大过诧异。

"囡囡，妳不是说200号吗？"她问女儿。

"我……记错了，是206号。"

章小舫一答完，特意看了父亲一眼，后者投来凌厉的目光，章小舫只得低下头去。

为了这次会面，章太太特意做盛妆打扮，但仍不放心，所以进屋前，她拢拢头发，又拉拉衣服，直到女儿确认OK了，她才踩着新买的高跟鞋入内。

反观章小舫，她同样战战兢兢，不仅支开了宅子内的所有员工，连餐桌上的五菜一汤也是让厨子事先煮好，再做保温处理。

"怎么妳男友也爱吃中国菜？"章太太望着一桌饭菜问。

"他……其实比较喜欢吃西餐。"

"妳男友也爱喝茅台？"她父亲故意问。

"不，他不喝中国酒。"

章太太听闻后，立即赞美这男孩好，为了迎合他们夫妻俩，做了那么大的努力……

"其实……"章小舫吞了吞口水，"他已经不是男孩了。"

"哈哈……"她母亲笑得花枝乱颤，"当然不是男孩，是男人，瞧我说的什么？太坍台了！对了，他人呢？"

此时的章小舫冷汗直流，即使室内冷气已经开到最大。

"他……"章小舫深吸一口气，"他已经在这儿了。"

此话一出，章太太立即左右张望。

"别找了，"章小舫指向墙上的某幅肖像画，"他在那儿。"

她母亲定眼一看，画里的老头有明显的皱纹，眼袋很深，看着没有七十，起码也有六十多。

"别开玩笑！这位应该是妳男友的父亲或爷爷吧？！"她母亲说。

"不开玩笑，他就是我男友，一个多月前因病去世，留给我这栋别墅和八百万美元的现金，他女儿后来又多给了一百万，以上就是我要说的。"

此时，空气冷得仿佛掐得出水来。半晌过后，章太太问老公今天是不是4月1日？

已经沉默好一会儿的章先生答："不，不是愚人节，如同妳所听到的，咱们的女儿给洋老头做伴了。"

此话一出，章太太煞白了脸，她猛地握住女儿的双手，问："囡囡，妳怎么学坏了？是不是被那老头子给骗了？"

章小舫答Mr.Cargill没有欺骗她，是她心甘情愿这么做的。

"为什么？"她母亲哑着嗓子，"是为了钱吗？"

这让章小舫如何回答？钱的原因肯定有，但又不全是为了钱。

"他对我好，给了我想要的，我也对他好，如果这也有错，那就算我错了，好了伐？"

听到女儿说出那么"不要脸"的话来，章太太气得捶打她好几下，章先生不得不出手制止，接着强押自己的老婆离开。

当所有的吵杂声都停了下来，章小舫自言自语："太好了，终于说出来了。"

也不知失神了多久，直到屋内的咕咕钟开始报时，章小舫才回过神来，一抬头，油画里的Mr.Cargill 正冲着她笑。

"我做错了吗？"章小舫问画中人。

可惜回复她的只是一室的寂寥。

第五十二章 / 被上帝眷顾的女人（完结篇）

章太太打了女儿又后悔，整天以泪洗面，连班都上不了。

怕老婆想不开，章先生只能请假，24小时守着，就怕她做出不理智的行为来。

反观章小舫，她又何尝开心？把自己关在屋内不说，还成天赖在床上，直至女管家报告得交房产税了。

"How much？"她无精打采地问。

"$299，800."女管家答。

章小舫一听，吓得从床上坐起，问有没有搞错？

再三确认无误后，她紧接着问房产税是不是每年都得缴纳？当得到肯定的答复时，她两眼一黑。

"Are you ok？"女管家问。

章小舫嘴里答好，其实一点儿也不好，她没想过这屋的房产税会这么高，加上房子大，雇的人也多，支出是个不小的数字。也就是说，她口袋里的钱虽多，但按照目前的花法，也只够维持十多年的光鲜生活，接下来便得喝西北风了。

考虑良久后，章小舫决定把房卖了，再到阳光明媚的迈阿密置产，因为那里的税务负担相对较轻，很适合像她这样多金又没有投资头脑的人。

一听说女儿要卖房，章太太只得放下心中的那根刺，赶来帮忙。

"姆妈，辛苦妳了。"章小舫嗫嗫地说。

"我是怕妳上当受骗。"她母亲解释。

"所以啰！姜还是老的辣。"

"贫嘴！"

谁也没想到原有的不快会在短短的几句对话中力分势弱，而在接下来的"交易谈判"中，这家人更是滋生革命情谊，让彼此的"粘性"越加牢固。

两年过后，这场"易屋"大战才总算结束。按照原计划，章父章母重返曼哈顿，留章小舫一人面对South Beach。

"阿爸、姆妈，你们何不留下来跟我一起住？"章小舫问。

"囡囡，我们忙惯了，一下子闲下来，还真不习惯。"她母亲答。

其实章小舫心里清楚着，是"不道德交易"让她的父母颜面扫地，到现在还如鲠在喉。

事已至此，她也不强求，一个人守着五房三卫的观海大平层。白天，她看着潮来潮往；夜里，她听着海涛入眠，时间慢得好似老牛拖车，可是她却乐在其中。

这一天，她挽着竹篮子到海滩捡贝壳，一个大浪忽然打过来。

"Are you ok？"一名金发男子跑过来问她。

"I'm fine."她拨开额前湿漉漉的发，"The good thing is that I don't need a shower today."

"Haha. You're so funny."男子停顿了一下，"Do you need a man-servant to carry your basket?"

此话一出，章小舫特意打量眼前人，发现他有清亮的眼睛、洁白的牙齿和一身矫健的腱子肉。

"Why not？"她愉快地答。

于是这两人并肩漫步，在沙滩上留下两行深深的足印……

也许这是一个爱情故事的开始，谁知道呢？让我们拭目以待吧！

（全文完）

【看不够吗？B杜的下一本言情小说《秋小鹤》正等着您，以下是前三章，先睹为快。】

《秋小鹤》

第一章/混血儿迷雾

见过秋小鹤的人，开口的第一句话总是："妳是不是混血儿？"

"是的，中国混坦桑尼亚，咁呢？"她答。

"那妳会不会讲坦桑尼亚话？"这是第二句问话。

"&¥#@*%……"

"老天！真的是……是黑妹。"

话说回来，秋小鹤这个"混血儿"是要混莫桑比克、喀麦隆还是乌干达？全凭她的心情，不能一概而论，好比当她遇上"看对眼"的男生时，那又是不一样的光景。

"妳是不是混血儿？"高三学长范一飞问高一新生的她。

"不，我只是皮肤比较黑而已。"

"怎么有人说妳是非洲那边的？"

"呵呵！开玩笑的啦！我是广东混四川，千真万确。"

秋小鹤没说谎，她母亲是广东吴川人，父亲是四川重庆人，两人的爱情故事也算得上可歌可泣，但自从秋小鹤出生后，所谓的伉俪情深、鸾凤和鸣皆戛然而止，起因正是肤色……

"这是怎么回事？"她父亲面色凝重地问。

"什么怎么回事？"她母亲答。

"这娃儿黑扯扯的，一点儿也不像中国人。"

"李奎，痴线啦你，讲的是人话吗？"

"我咋不讲人话？是妳不守妇道。"

秋小鹤的母亲虽然一向情绪稳定、很少发脾气，但只要是女人，就受不了这种气，当下便决定做亲子鉴定。

就这样，还未满月的秋小鹤被迫献出一管血，可是当鉴定报告（支持李奎与秋文文为李小鹤的生物学父母亲）出炉时，却也是她父母走向正式决裂的开始。

秋小鹤曾问过自己的母亲——既然鉴定结果皆大欢喜，为何还要离婚？

"妳不懂，"她母亲答，"夫妻之间一旦产生不信任感，就再也回不去了，好比我跟某个男人多讲了几句，妳父亲就要再三盘问，这种生活谁受得了？"

"难道妳就没犹豫过？"秋小鹤又问，"一个人带着一个不足岁的孩子，那可不是件容易的事。"

"犹豫有用的话，我早犹豫几百回了。"她母亲叹了口气，"也不是没想过再找个男人嫁，但考虑到妳，我忍了下来，也多亏自己争气，才有如今的局面。"

话说秋小鹤的母亲在镇上开了两家超市，每日流水能达到五位数，不仅糊口不成问题，还有余力将女儿送进私立高中。

有一天，已是高二生的秋小鹤问母亲能不能改名？

"改名？"她母亲很是惊讶，"点解？"

"小鹤这个名字不好。"

"哪里不好？鹤象征长寿、吉祥、好运和高洁，正到爆！"

秋母其实不懂女儿的心思，若不是同学们开始喊她"秋小鸟"或"秋小鸡"，她是不会想到改名的。

如今改名得不到母亲的认可，秋小鹤退而求其次，问能不能让她到发廊把头发给烫直了？因为每天光是花在头发上的时间就足以让她背完所有的英文单词。

"背完所有的英文单词"当然是玩笑话，但秋小鹤花在头发上的时间的确很多，问题是好不容易被直板夹拉直的发，一碰水就原形毕露，那才是最糟心的！

"冇用地啦！卷发已经刻进妳的DNA里，与其逃避，何不让它卷得有特色？"她母亲说。

其实也不能怪秋母泼来冷水，秋小鹤已经上过发廊十数回，刚烫完的发的确是直了，但也只是维持一个月而已。换言之，除非她每个月都烫发，否则很能达到她想要的效果，而这等同饮鸩止渴，因为频繁烫发很伤发质，还会带来脱发风险。

思考再三，秋小鹤决定听从母亲的建议——让自己的一头卷发变得有特色。

"哇！妳看起来就像《绿野仙踪》里的桃乐丝。"彭雪见一见她就说。

"有吗？"她摸一摸自己的双发辫，"桃乐丝的头发比较长，也没那么卷。"

"那倒是，女生头发像妳这么粗、硬、卷的，全球大概找不到几个，非洲人除外。"

彭雪见说者无意，秋小鹤却听者有心，当晚便询问母亲——我哋祖上是不是有黑人血统？

"这我哪儿知道？"她母亲想了想，"至少三代以内没有。"

言下之意，三代以前不排除其可能性。

想到自己被"自己人"祸害，秋小鹤不免来气。

"为什么我要姓秋？姓秋的就没……没一个名人，我不想要这个姓氏！"她气愤说道。

其实秋小鹤想说的是"没一个好人"，但再一想，诋毁祖宗是要遭天打雷劈的，遂将矛头转向，说成"没一个名人"。

"等妳嫁人了再从夫姓吧！"她母亲无奈地答，"话说回来，姓秋的倒不是一个名人也没有，历史课本上的秋瑾就是！"

历史课本上说秋瑾是女权运动家和革命志士，后被清廷处决，勉强算得上"名人"，但与姓李的一比，那真是小巫见大巫，人家政治上有李世民、李鸿章、李光耀等；文学上有李白、李清照、李商隐等；学术上有李时珍、李政道、李四光等；其他领域有李小龙、李嘉诚、李安等……

她母亲一听，变了脸色，质问她是不是想认祖归宗，回到亲生父亲那一边？

"也不是啦！"秋小鹤的气势立即弱了下来，"我就这么一说，妳别往心里去。"

秋小鹤的父亲已经另组家庭，父女俩顶多一年见一次面，近几年更是没有，此时若回到父亲那一边，无疑自找麻烦，她当然不愿意。

"得啦！妳自行消化妳的情绪，别影响我上网。"她母亲答完，转身回到自己的房间。

近两年，秋小鹤的母亲才学会上网，哪知一发不可收拾，每晚总要折腾到午夜才肯关机。

母亲走后，秋小鹤一人面对空荡荡的客厅，忽然感觉无趣。

"我看我还是回房写作业去，免得又被老师批评了。"她心想。

第二章/长袜皮皮

虽然秋小鹤对自己的姓氏"秋"颇有微词（主因还是怀疑祖上有非洲人的基因，导致她的外表与众不同），但她很喜欢"秋"天，每当秋风乍起、落叶纷飞时，秋小鹤总感觉自己就是一名落难公主，在异国他乡，无助地苟延残喘着……

听完以上"感伤"，彭雪见忍不住呵呵呵地笑。

"妳笑什么？"秋小鹤问。

"我笑妳傻，谁都想当公主，但绝不会想当落难公主，我怀疑妳有自虐倾向！"她答。

"我还没说完呢！落难公主后来来到一座城堡，并且与城堡少爷相恋，两人从此过上没羞没臊的幸福生活！"

这次彭雪见没笑，反而摸摸秋小鹤的额头，说："没发烧，妳抽什么风？"

秋小鹤推开闺密的手，问："妳呢？想不想跟城堡少爷谈一场惊天地、泣鬼神的恋爱？"

彭雪见噗嗤一笑，接着表示自己不是活在瓦伦西亚的月亮里。

"什么意思啊！"秋小鹤皱起眉头，"妳怎么老说一些我听不懂的话？"

"听不懂才好，听懂了其实比较不幸。"

别人说不幸，秋小鹤信，但彭雪见说不幸，她可是一点儿也不相信，因为这个女生身材姣好又有盛世容颜，谁不前仆后继地献殷勤？何来不幸之有？

此时，生活委员郑明亮走过来，对她俩说："下个月开始晚自习，所以伙食费多收500块钱。"

"我不吃。"彭雪见答。

"我也不吃。"秋小鹤紧接着响应。

话说学校食堂的菜色极差，若不是为了"续命"，猪狗都不吃（也就是说，一天忍耐一次已是最大限度，再多没有）。

"你们不吃，哪有力气学习？"生活委员说，但眼睛只注视着一个人。

"这你就别管了。"彭雪见冷漠地答。

"我们吃泡面也行。"秋小鹤加了一句。

生活委员一听来气（主要是针对敲边鼓的秋小鹤），话说得就没那么客气了。

"秋小鸟，"他点名，"没人管妳吃什么，但这钱妳必须得交，如果大家都不交，食堂还撑得下去吗？"

秋小鹤还没来得及发飙，彭雪见便一把抓住生活委员的前襟，威胁："给你一分钟的时间道歉，否则我让你看不到明天的太阳！"

生活委员一边道歉，一边要彭雪见"大人有大量"，谁没有说错话的时候呢？

"滚！"彭雪见推了生活委员一把，"对秋小鹤不敬就是对我不敬，谁敢喊她的绰号，就是与我为敌！"

生活委员踉踉跄跄地走人，而秋小鹤则敬佩不已，大赞闺密英姿飒爽，是个女中豪杰。

"如果我说方才的我不是我，妳能理解吗？"彭雪见问。

"理解，当然理解，因为妳有很多分身。"

"嘻！知道我为什么喜欢妳吗？因为只有妳不把我当疯子看。"

有句话叫"臭味相投"，彭雪见的"不按理出牌"恰好与秋小鹤的"天马行空"完美契合上，不同之处在于彭雪见是个靓女，行为再怎么乖张，总有人替她做合理的解释；反观秋小鹤就不一样了，"鬼马"的评价算是好的，大部分的人都认为她"思维异常"或"精神错乱"，只有极亲近的人才懂得欣赏她那独树一帜的"真、善、美"。

几个月后的英语课堂上，戴着厚片眼镜的老师终于发现秋小鹤换新发型了。

"秋小鹤，妳看起来就像Pippi Longstocking里的Pippi，只是皮肤黑了点儿。"她说。

此话一出，班上男同学坐不住了，接二连三地添加，好比——只是个头矮了点儿、只是雀斑多了点儿、只是胸小了点儿、只是行为古怪了点儿……

英语老师没听出话里的揶揄，反而一本正经地答："Pippi只有九岁，个头当然不可能高，也别期望有胸，雀斑倒是多了点儿，行为也的确古怪。"

英语老师不解释则已，一解释反而坐实秋小鹤有"发育不良兼精神不正常"等特征。

"老师。"彭雪见举手。

"谁喊我？"眼力不好使的英语老师左看右瞧。

"我喊的。"彭雪见站起，"妳能解释I would like to 和I want to的区别吗？"

这招倒是奏效，成功转移了注意力，只是秋小鹤并没有因此翻篇。这可不，回家后的她立马在网上搜索英语老师提到的Pippi Longstocking，原来这是一部瑞典的文学作品，中文译名为《长袜皮皮》，曾被改编为电视剧和动画片。在原著简介中，皮皮是一个拥有超强能量的红发小女孩，绑着双发辫，力气很大（能单手举起自己的马），既爱玩又难以捉摸，还经常批评那些不讲道理的成年人，震惊镇上所有人……

光读简介，秋小鹤便与皮皮神交上，因为皮皮做了她一直想做却总是被条条框框限制住的事，看来还是当北欧人比较幸福，可以放开来做自己。

"小鹤，"她母亲忽然敲门，"洗澡了没？怎么浴室一点儿水蒸气也没有。"

"今天冷，就不洗了。"她答。

"不行，每天都得洗澡，否则身体容易长虫。"

秋小鹤常想为什么大人们会有那么多稀奇古怪的想法？如果母亲所言为实，那么是否意味着原始人身上全爬满了虫子？

"放心，我的皮很厚，虫咬不动。"她又答。

"秋-小-鹤。"

当秋小鹤的母亲连名带姓地喊她时，那代表此事没得商量！

"好啦！等我写完所有的数学题就去洗。"她承诺。

然而今晚的数学题硬是非常难解，当秋小鹤终于写完时已过了午夜，她害怕洗澡的声音会吵醒母亲，所以只匆匆洗了脚便上床。

"妳说谎！"她内心的"道德委员长"开始谴责她。

"我洗了，脚也是身体的一部分。"她答。

"别狡辩，妳知道妳母亲的意思。"

"好啦！大不了明天洗两次。"

隔天夜里，秋小鹤真的洗了两次澡。

"妳怎么了？"她母亲关心地问，"一晚上洗了两次，是不是来例假了？"

"不是，我答应洗两次就洗两次。"

"答应？妳答应谁了？"

"……我。"

秋母认识女儿也不是一天两天的事了，早习惯她的"答非所问"和跳跃式思维，所以并没有继续追问下去，反而在叮嘱她上床别刷手机后，转身回房去。

第三章/不入虎穴，焉得虎子？

秋小鹤读的不是重点高中，而是有钱就能上的那一种。换言之，想在一堆学渣中出类拔萃可说是垂手可得，偏偏对秋小鹤来说难若登天。

"秋小鹤，妳知道整个高二有253名学生，而模拟考试妳排251名吗？"班主任语重心长地问。

"知道。"

"高考只剩一年多点儿，妳要不要考虑留级？也就是重读高二，把基础打得更牢固些。"

秋小鹤反问留级是不是能考得更好？班主任答不一定，得看学生努力的程度。

"那算了，我肯定虎头蛇尾，还是别拖班级后腿了。"她答。

"可是妳现在就在拖我们班的后腿啊！"班主任无奈地说。

"要不，我走？"

班主任哀叹两声，接着陷入无话可说的境地，原因是——虽然高考成绩不佳容易导致来年招不到学生，但这所学校的校长很短视，绝不会容忍"到嘴的肥羊跑了"的事情发生。

思来想去，班主任决定还是与秋小鹤的家长谈一谈，或许事情还有转圜的余地。

次日，秋母如约而至，在清楚班主任的意思后，问留级是不是强制性的？

"不是强制性的，但学生可自愿留级。"班主任答。

"我女儿怎么说？"

"她不同意。"

"那不就好了吗？"秋母起身，"我在镇上开了两家美又美超市，忙得很，老师若有空可以过来逛逛，我会按会员价收你。"

秋小鹤的母亲走后，班主任呆若木鸡。

"王老师，"坐在邻座的齐老师开口了，"刚刚那位看起来刀枪不入，你算是踩到铁板了。"

"什么铁板不铁板？我这是尽人事听天命，不出意外的话，她女儿连个最差的大学都上不了，到时候就知道我用心良苦了。"

一年后，秋小鹤毫不意外地落榜了，应验了班主任的预言。

"小鹤，妳怎么想？是复读、就业还是考大专？"她母亲问。

"我想躺平一阵子。"

"唔得啦！我不养闲人。"

"实在不行的话，我到妳的超市当收银员也可以。"

秋母考虑了一下便答应了，只是不是当收银员，而是当"代理老板娘"。

"代理老板娘？"秋小鹤扬起声，"为什么？"

当她得知母亲在网上谈了个朋友，打算飞到荷兰奔现时，惊讶到说不出话来。

"我已经为妳单身十多年了，现在该是为自己活的时候。"她母亲解释。

"不不不，"秋小鹤把头摇得像拨浪鼓，"妳误会了，我没阻止妳交朋友的意思。事实上，这是件好事，只是我不放心妳一个人跑到那么远的地方去。"

"那怎么办？"

"我陪妳去，四只眼睛总比两只眼睛管用，至于超市……找个人品好的员工当临时店长得了，反正我们去去就回，不碍事的。"

秋母想想也对，她没出过国，有女儿壮胆的确好过单枪匹马，再说，临时店长也不难找，于是一拍即合，两人即刻办理出国事宜。

两个礼拜后，成功拿到90天申根签证的母女俩终于登上飞机。

"妈，如果那个男人不是妳想的那样，妳怎么办？"秋小鹤问母亲。

"那我们就把所有的申根国家玩一遍。"她母亲接过空姐递过来的报纸，道谢完毕又转向女儿，"来一趟多不容易，当然不能浪费！"

稍待片刻后，秋小鹤又问："如果那男人就是妳的白马王子，可是接受不了我，妳怎么说？"

"放心，不会有这种事情发生，因为接受我就得接受我的一切，而妳就是我的一部分，是从我身上掉下来的肉。"

秋小鹤从未像此时此刻这般与母亲靠得如此之近，所谓的"母女连心"大概就是这个道理。

经过二十多个小时的飞行（中间停留了一站）后，飞机终于抵达阿姆斯特丹。

"妈，Adam在哪儿接我们？"秋小鹤问。

"应该就在接机口，不然还会是哪里？"她母亲反问。

结果母女俩在接机口等了又等，连个鬼影子也没有。

"妈，妳会不会上当受骗了？"秋小鹤又问。

"再等等，也许人家路上耽搁了也说不定。"

她母亲话音刚落，一个黄毛小子慌慌张张地跑过来，见人就晃动手中的A4纸。当他来到这对母女面前时，秋小鹤终于看清楚纸上写的是什么。

"No."秋小鹤摆手，"No Win Win Qiu."

岂料她母亲点头，承认自己就是Win Win Qiu。

"妈，妳怎么会是Win Win Qiu？"秋小鹤很是不解，"文文的拼音是Wenwen好吗？"

"Wenwen听着多无聊，Win Win就有意思多了，不仅赢了，还连赢两次。"

听完，秋小鹤无语了。

她母亲并没有留意到空气忽然冷了下来，也不认为自己的"改名"有多么估唔到，反而要女儿帮着问问为什么Adam没来？

秋小鹤的英语其实很一般，但总归比母亲好，于是硬着头皮问，还好男生听懂了，这可以从接下来的"表演"中看出。

"Adam跌倒了，后背受伤了。"秋母下注解。

"妳怎知焉？"秋小鹤问。

"只要不瞎，谁都看得出来。"

"现在怎么办？"秋小鹤又问。

"能怎么办？不入虎穴，焉得虎子？"

秋母的言下之意就是跟着小伙子走，秋小鹤虽然觉得不妥，但也没有更好的办法，只能走一步算一步啰！

作者介绍

在异国的背景下加入缠绵悱恻的爱情故事是B杜小说的一大特点，她的文笔清新、笔触诙谐、画面感很强，读完小说有种看完一部爱情偶像剧的感觉，特别适合怀春少女及对爱情有憧憬的女性阅读。

另外，B杜还创作了散文、严肃小说、系列小说等，欢迎关注。

ALSO BY B杜

《章小舫》（繁體字版）Miss Zhang (in traditional Chinese characters)

* * *

《法兰西情人》Love in France

《东瀛之爱》Love in Japan

《新西兰之恋》Love in New Zealand

《英伦玫瑰》Love in England

《爱在暹罗》Love in Thailand

《情定布拉格》Love in Prague

《狮城情缘》Love in Singapore

《爱上比佛利》Love in Beverly Hills

《梦回枫叶国》Love in Canada

《早安，欧巴》Love in Korea

《我在苏黎世等风也等你》
Love in Switzerland

《迪拜公主的秘密情人》Love in Dubai

《马力历险记1之地球轴心》The Adventures of Ma Li (1):
The Time Axis

《马力历险记2之黄金国》The Adventures of Ma Li (2):
Eldorado

《马力历险记3之可可岛宝藏》The Adventures of Ma Li
(3):The Treasure of Cocos Island

《B杜极短篇故事集 (1 ~ 100)》A Word to the Wise (Tales
1 ~ 100)

《B杜极短篇故事集 (101 ~ 200)》A Word to the Wise
(Tales 101 ~ 200)

《B杜极短篇故事集 (201 ~ 300)》A Word to the Wise
(Tales 201 ~ 300)

《B杜极短篇故事集 (301 ~ 400)》A Word to the Wise
(Tales 301 ~ 400)

《B杜极短篇故事集 (401 ~ 500)》A Word to the Wise
(Tales 401 ~ 500)

《B杜极短篇故事集 (501 ~ 600)》A Word to the Wise
(Tales 501 ~ 600)

《B杜极短篇故事集 (601 ~ 700)》A Word to the Wise
(Tales 601 ~ 700)

《B杜极短篇故事集 (701 ~ 800)》A Word to the Wise
(Tales 701 ~ 800)

《B杜极短篇故事集 (801 ~ 900)》 A Word to the Wise
(Tales 801 ~ 900)

《巫觋咖啡馆之梧桐路篇》

The Witch & Warlock Café on Wutong Road

《巫觋茶馆之浣纱路篇》

The Witch & Warlock Teahouse on Huansha Road

《鸿沟》 A World Apart

《洁西卡》 Jessica

《我的泰国养老生活 1》 My Retirement Life in Thailand 1

《我的泰国养老生活 2》 My Retirement Life in Thailand 2

《夏小希》 Miss Xia

《谢小桐》 Miss Xie

出版社介绍

如意出版社（Luyi Publishing）在英国注册，致力于将优秀作品介绍给全球读者，联系方式如下：

邮箱1: Luyipublishing@163.com

邮箱2: Luyipublishing@gmail.com